KB210943

전통 구전 명리학

난강망

欄江網

난강망

전통구전 명리학

傳統 口傳 命理學

청정 지음

사주명리 추명을 위한

지지(地支) 전투론

〈지지 地支 편〉

좋은땅

머리말

운(運)이 있는 걸까? 하는 의문에 시작한 역학 공부는 많은 사람을 만나고 책을 보게 해 주었다. 참으로 귀하고 소중한 시간이었다,

살아가면서 누구나 생각이 있고 계획이 있지만 이루어지는 것은 그리 많지 않고 매 순간 성공과 실패를 경험하는 것은 생각이 일어나고 행동하는 데서 오는 결과이다.

난강망 책을 쓰기 시작한 지 10여 년이 지난 시점에 지지(地支)편으로 마무리를 하려고 마음을 먹었으니 참으로 다행이다 싶다.

난강망 명리학은 강(强)과 약(弱)의 차이를 갖춘 천간(天干)을 통해 개인의 특성과 운명의 경향을 파악할 수 있다. 지지(地支) 천간의 승(勝)과 패(敗)는 개인의 성공과 실패에 영향을 미칠 수 있다.

난강망 책을 접한 독자 여러분들에게 하고 싶은 말은 세상의 도리가 있고 우주의 질서가 있음을 조금이라도 느끼기를 바라는 마음이다.

지지(地支) 편을 내겠다고 스스로 약속하여 3권을 내었으니 독자 여러분은 제 개인의 일탈을 이해해 주시기 바랍니다. 내용에 있어서 잘못된 부분에 대한 비난은 달게 받겠습니다. 끝으로 난강망 이론을 전해 주신 한동수 님과 신윤권 님께 감사드립니다.

甲辰 庚午 清淨 合掌

들어가며

　난강망 지지(地支)편에서는 지지(地支) 글자 간의 의미, 생과 극, 합, 수용 등을 말하고 있다.

　천간(天干)의 글자가 하늘에서 땅으로 내려왔을 때의 의미, 지장간(地藏干)에서의 의미, 땅의 글자가 하늘로 올라갔을 때의 의미 등을 모두 고려해서 공부해야 한다.

　지지(地支)의 의미를 파악해야 명리 전체의 틀을 파악할 수 있어서 본 편에서는 지지(地支) 글자의 의미와 운에서 올 때의 의미, 글자 간의 싸움에서 승과 패 등을 설명하고 있다.

　세운(歲運), 대운(大運)과 지지(地支) 글자의 관계는 삶의 현실로 나타나기에 매우 중요한 역할을 한다.

　지지(地支) 글자를 먼저 설명하기 전에, 십간 두 계절별 특성과 용신 기준으로 전체 사주 명을 풀어 가는 예부터 짚고 넘어간다.

　사주 명에서 먼저 고려해야 할 월지부터 일간, 일간 옆의 글자, 도움이 되는 글자, 흉한 글자를 먼저 고려하여 풀어가는 과정까지 정리해 두었다.

　설명하는 데는 한계가 있고 어색한 표현도 있음을 양지하시고 명리학 공부를 하는 데 조금이나마 도움이 되기를 기대한다.

차례

I. 난강망(欄江網) 십간(十干) 계절별 특성과 용신 기준

Ⅲ. 난강망(欄江網) 이론과 재관인설(財官印說) 명리의 융합론

I

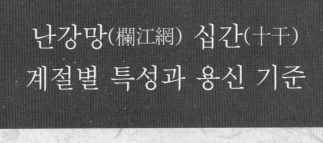

난강망(欄江網) 십간(十干)
계절별 특성과 용신 기준

1. 갑(甲)목 일간(日干)의 특성

갑(甲)은 소리가 우렁차고, 곧고 강직하다. 통나무에 해당하며 정직하고 위로 상승하려는 기(氣)가 있어서 고집이 있고 자기주장을 굽히지 않으려는 성정이 있다. 자존심이 강하고 남에게 지지 않으려는 성질이 강하다. 자신의 임무에 성실하며 만물을 창조하는 창의성이 강하다. 남에게 잔소리 듣기 싫어한다.

운(運)에서 갑(甲) 대운(大運)이 오면 사장이나 두목 역할을 하려고 하며 임무가 주어진다.

팔괘로 보면 건(乾)괘에 해당되며 강직, 두목, 사장, 연장자, 책임자, 우두머리, 대들보, 잘 자라는 나무에 해당한다. 가지고 있는 의미로는 우레, 열매나무, 소란함, 큰소리, 번개, 기둥, 돌진, 통나무, 비석, 머리, 건축, 토목, 빌딩의 의미가 있다.

직업으로는 자신의 일을 혼자 완성하는 직무에 적합하며, 책임자, 전문가, 연구직, 사장 등에 적합하다. 종류로는 옷 가게, 포목점, 디자이너, 전자제품, 의약품, 음악가, 가구점, 목재업, 임업 등이 알맞다.

1.1 인묘(寅卯)월 갑(甲)목 일간(日干)

초봄에 해당되는 인묘(寅卯)월에는 나무가 잘 자라는 환경이 우선이다. 갑(甲) 일간(日干) 옆에는 태양에 해당하는 병(丙)화가 제일 좋다.

나무가 태양을 보고 흙이 있고 물이 있으면 제일 좋은 환경이 된다. 또 갑(甲) 일간(日干) 옆에 산에 해당하는 무(戊)토가 있으면 더욱 길하다. 태양과 나무가 있으니 좋은 환경을 갖추었다고 본다.

갑(甲) 일간(日干)은 쇠에 해당하는 경(庚)금이나 신(辛)금이 있으면 나무가 쇠에 극(克) 당하는 형상으로 상하게 된다. 따라서 잘 자랄 수가 없다. 되는 일이 없고 머리나 몸이 자주 아프게 된다. 이때 경(庚)금이나 신(辛)금을 제어해 주는 정(丁)화나 병(丙) 화가 있으면 해결이 되어 무난한 환경이 된다.

흉(凶)을 해결하는 글자가 있으면 문제가 있어도 해결되어 살아간다.

땅에 해당하는 지지(地支)에는 나무뿌리에 해당하는 글자가 있으면 좋다. 어떤 일간(日干)이든지 뿌리가 튼튼해야 잘 자라는 법이다.

인(寅)목이 월지(月支)에 있으므로 그 뿌리는 확보한 것으로 뿌리가 쇠에 상(傷)하지 않아야 한다. 즉 인묘(寅卯)목 글자 옆에 쇠에 해당하는 신(申)금, 유(酉)금이 없어야 길하다. 뿌리 상(傷)한 나무는 잘 자랄 수 없고 바람이나 애로사항이 발생하면 무너지고 만다.

인묘(寅卯)월 갑(甲)목 용신(用神)은 화(火) 토(土)를 우선으로 정한다. 천간(天干)의 병(丙), 무(戊)가 좋고 지지(地支)에 있어도 좋다.

甲 甲 戊 庚
戌 戌 寅 子 (乾)

대운(大運)
甲 癸 壬 辛 庚 己
申 未 午 巳 辰 卯

① 인(寅)월 초봄의 나무가 나란히 있는데

② 월간(月干)의 무(戊)토는 산으로 보기 좋고

③ 년간(年干)의 경(庚)금 바위는 일간(日干) 갑(甲)을 치려고 하는데

④ 월간(月干)의 무(戊)토는 경(庚) 금을 생(生)해 주는 어머니이다.

⑤ 시간(時干)의 갑(甲)목이 월간(月干) 무(戊)토를 칠 수 있으니

⑥ 경(庚)금이 일간(日干) 갑(甲)목을 칠 수 없는 인질극 형상이라

⑦ 갑(甲)목이 승리한 구조이다.

⑧ 지지(地支)의 술(戌)토가 인술(寅戌)로 합하여 타는 구조이니 속이 타고 덥다.

⑨ 덥다고 술을 좋아하고 세상 사는 것이 힘들다.

⑩ 계미(癸未) 대운(大運)에 무계(戊癸) 합으로 인질극 싸움이 풀려서

⑪ 경(庚)금이 일간(日干) 갑(甲)을 치는 구조가 되어 힘들다.

⑫ 머리가 아프고 죽을 고생이다.

1.2 진사(辰巳)월 갑(甲)목 일간(日干)

진사(辰巳)월은 나무를 심는 계절이다. 나무를 심어서 잘 자라게 하는 계절이므로 나무를 심는 것이 먼저다. 나무가 너무 많을 때는 병(丙)화를 선용(先用)하기도 한다.

나무를 심어 크는 환경이 되어야 길한 명(命)인데 금(金)이 있으면 상(傷)하게 되어 잘 자라지 못한다. 이때 금(金)을 제어하는 화(火)가 있어서 제어되면 어려운 일도 해결하는 명(命)이 된다.

나무를 심는 환경이므로 잘 자라도록 천간(天干)에 병(丙)화가 있고 지지(地支)에 물이 있으면 더욱 길한 명(命)이 된다.

진사(辰巳)월 갑(甲)의 용신(用神)으로는 목(木), 화(火), 수(水)를 사용한다.

庚 甲 戊 己
午 子 辰 亥 (乾)

대운(大運)

壬 癸 甲 乙 丙 丁
戌 亥 子 丑 寅 卯

① 진(辰)월의 통나무에 해당하니 재목감이라

② 월간(月干)에 무(戊)토가 있으니 산에 있는 나무에 해당한다.

③ 시간(時干)의 경(庚)금은 바위 도끼라 나를 치는 흉신(凶神)이다.

④ 시간(時干)은 자식 궁에 해당하는데 경(庚)금으로 자식 궁이 흉(凶)이고

⑤ 용신(用神)은 남자 명(命)에는 자식인데 해(亥) 중 갑(甲)이 선용(先用)이라

⑥ 진(辰) 중 을(乙)목이 오면 경(庚)금을 합거 해 주니 길하게 작용하고

⑦ 자식을 볼 수 있는 해(亥) 대운(大運)에서 오(午)화에 타버리니 남자 자식
   이 없구나.

⑧ 남자가 자식을 원하는데 운로가 안 되는구나.

⑨ 지지(地支)의 자축(子丑) 대운(大運)에는 운로가 흉하니 흉을 막으려고 수
   처(水妻)인 아내가 일을 한다.

⑩ 임술(壬戌) 대운(大運)은 술(戌)토가 오니 오(午)화를 꺼 준다 여겨서 자식
   생각이 간절하다.

1.3 오미(午未)월 갑(甲)목 일간(日干)

여름철에 해당하는 오미(午未)월은 지지(地支)에 물기가 있어야 나무가 살수 있다. 따라서 지지(地支)에 물 기운이 있는지 확인하는 것이 중요하다.

천간(天干)에 태양이 있고 지지(地支)에 나무가 잘 자라는 진(辰)토, 자(子)수가 있으면 더운 여름철에도 잘 자라는 나무가 되어 길한 명조가 된다.

물 기운이 필요해서 천간(天干)에 임(壬) 계(癸)수가 나온 것은 좋지 않다. 나무가 자라는 데 도움 되지 않는 커다란 물이기에 그렇다.

나무에 많은 물을 주는 것은 나무를 상하게 하고 성장하는 데 방해가 된다.

단, 천간(天干)에 나무를 태우는 정(丁)화가 나올 때는 이 불을 끄기 위해 임(壬) 계(癸)수를 사용한다. 천간(天干)에 불이 나와 제어 못 하면 속은 타고 세상을 한탄하는 마음이 생겨 종교 관련 일이나 봉사하는 직업에 종사하는 경우가 많아 세상을 구하는 활인지명(活人之命)이 된다. 그렇지 못할 때는 남을 해(害) 하거나 병고에 시달리는 명(命)으로 살아가게 된다.

오미(午未)월 갑(甲) 용신(用神)으로는 수(水), 목(木)을 중심으로 사용한다.

甲 甲 甲 辛

子 子 午 酉 (坤)

대운(大運)

辛 庚 己 戊 丁 丙 乙

丑 子 亥 戌 酉 申 未

① 오(午)월의 나무가 나란히 자라고 있는데

② 년간(年干)의 신(辛)금이 나무를 할퀴고 있다.

③ 나무뿌리가 지지(地支)에 없구나.

④ 의지할 땅이 없으니 산을 그리워한다.

⑤ 더운데 물이 반갑구나. 지지(地支)에서 자(子)수가 길한 듯한데

⑥ 물을 생(生)해 주는 유(酉)금이 오(午)화에 극(克) 당하니 생(生)할 수가 없다.

⑦ 더운 여름에 나를 도와주는 것은 그래도 나무라, 갑(甲) 목이 용신(用神)이다.

⑧ 여자 명(命)으로 목부금자(木夫金子)에 해당하니

⑨ 남자에 해당되는 글자가 갑(甲)목으로 여러 명이 있다.

⑩ 병신(丙申) 대운(大運)에 일지(日支)가 합 되어 결혼하고

⑪ 정유(丁酉) 대운(大運)은 흉신(凶神) 유(酉)금이 흉하니 남편 사별하고

⑫ 무술(戊戌) 대운(大運)에 그리운 산이 오니 산으로 가서 보살이 되었다.

1.4 신유(申酉)월 갑(甲)목 일간(日干)

가을철에는 열매를 맺어 결실을 보는 계절이므로 태양의 기운이 더 필요하다. 천간(天干)에 병(丙)화가 있어서 열매를 익어 가게 하는 환경이면 길하다.

신유(申酉) 금(金) 기운이 강한 계절이므로 지지(地支)에서는 금(金) 기운을 제어하는 화(火)의 기운이 필요하며 천간(天干)에 정(丁)화 경(庚)금이 나와 나무와 불, 금 기운이 서로 보완하면 부(富)와 귀(貴)를 동시에 보유한 명(命)이 된다.

가을철에 병(丙)화 기운이 없이 임계(壬癸)수가 나온 것은 춥고 배고픈 환경이 된다. 태양 없이 비가 내리는 연고이다.

가을철 나무는 생목(生木)과 사목(死木)을 구분해야 하는데 생목(生木)은 지지(地支)에 나무뿌리에 해당하는 인묘진(寅卯辰) 중 한 글자라도 있는 것을 말하고, 사목(死木)은 지지(地支)의 뿌리에 해당하는 글자가 없는 것을 말한다.

생목(生木)에 해당하는 나무는 운로가 봄, 여름으로 가서 가을철에 열매를 맺는 구조이면 매우 길한 명(命)이다.

사목(死木)은 지지(地支)에 뿌리가 없는 명(命)이긴 하나 재목감으로 쓰여서 길한데 천간(天干)에 경(庚)금이 나오고 정(丁)화가 나오면 매우 길하게 작용하여 사회에 이름을 날리는 삶을 살게 된다.

천간(天干)에 경(庚)금 없이 정(丁)화만 나온 명(命)은 가을 나무를 태우기만 하니 기술자나 신부, 목사, 의사 등의 활인지명(活人之命)의 삶을 가게 된다. 나무를 태우니 속이 타서 내면에 대한 생각을 하게 되고 다른 사람의 삶을 도와주는 마음이 있어서 종교계에 귀의하기 쉽다.

신유(申酉)월 갑(甲) 용신(用神)으로는 화(火), 목(木)을 중심으로 사용한다.

辛 甲 戊 壬

未 午 申 寅 (乾)

대운(大運)

乙 甲 癸 壬 辛 庚 己

卯 寅 丑 子 亥 戌 酉

① 가을철 나무로 태어났다.
② 가을철 나무가 물을 막은 산이 길하다.

③ 가을철 나무는 태어날 때부터 돈이 있는 환경이다.

④ 시간(時干) 신(辛)금이 나무를 할퀴니 성질이 있다.

⑤ 월지(月支) 신(申)금을 오(午)화가 제어하려고 하니 길하다.

⑥ 오(午)화 용신(用神)으로 화자목처(火子木妻)에 해당된다.

⑦ 일지(日支)에서 용신(用神)을 사용하니 아내와 사이가 좋다. 일지 용신자
는 부부 이별이 거의 없다.

⑧ 화(火)가 자식인데 시간(時干) 신(辛)금과 합하니 남자 자식이 없구나.

⑨ 경술(庚戌) 대운(大運) 경(庚)금이 갑(甲)목을 치니 흉하여 학창 시절에 공
부가 어렵다.

⑩ 임자(壬子) 대운(大運)은 임(壬)수가 시간(時干) 신(辛)금을 깨끗하게 빛나게
한다.

⑪ 지지(地支) 자(子)수가 와도 미(未)토가 해결하고 월지(月支) 신(申)금을 합
하니 길하게 변하여 이동한다.

⑫ 갑인(甲寅) 대운(大運)은 신(辛)금이 갑(甲)을 치니 흉하고 상(傷)한 인(寅)목
이 오니 별로다.

⑬ 시간(時干)이 흉신(凶神)이라 자신의 전공을 살리지 못하고 다른 길로 간다.

1.5 술해(戌亥)월 갑(甲)목 일간(日干)

술(戌)월 갑(甲)목은 늦가을 나무로 지지(地支)에 인(寅) 오(午)가 더 있어 더운
환경이면 물이 필요하다.

천간(天干)에 임(壬) 계(癸)수가 나오면 춥고 배고픈 환경이며 병(丙)화가 나
오면 열매를 맺게 한 것으로 부(富)가 있다.

해(亥)월 갑(甲)목은 추운 계절이라 화(火) 토(土)가 나와 따뜻하게 해야 길하며 천간(天干)에 바람을 막아 주는 무(戊)토가 나옴은 길하다.

생목(生木)으로 화(火) 토(土)가 있으면 겨울철이라도 풍요로운 환경이며 사목(死木)으로 천간(天干)에 바람을 막고 정(丁)화 경(庚)금이 있으면 부(富)와 귀(貴)를 겸한 길한 구조가 된다.

술해(戌亥)월 갑(甲) 용신(用神)으로는 목(木), 화(火), 수(水) 중심으로 사용한다.

甲 甲 丙 乙
戌 寅 戌 未 (坤)

대운(大運)
壬 辛 庚 己 戊 丁
辰 卯 寅 丑 子 亥

① 여자 명(命)으로 술(戌)월 나무로 통나무가 나란히 있다.
② 가을에 나무가 나란히 있는데 월간(月干) 병(丙) 태양이 빛난다.
③ 술(戌)월이니 토(土) 왕절(旺節)이라 나무를 더 필요로 한다.
④ 시간(時干) 갑(甲)목을 용신(用神)으로 하고 목부금자(木夫金子)에 해당된다.
⑤ 나무가 남자인데 일지(日支)와 년간(年干)에 목(木)이 많아 남자가 많다.
⑥ 일지(日支)의 인(寅)목은 인술(寅戌)로 불을 내니 남편 덕이 없다.
⑦ 더운데 또 불을 내니 좋은 마음을 가질 수가 없구나.
⑧ 시간(時干) 용신(用神)으로 자기 일을 하며 사는 명(命)이다.
⑨ 더워서 물이 필요해 물을 사용하는 직업에 종사한다.

⑩ 일지(日支) 인(寅)목도 나의 용신(用神)으로 용신(用神) 합이 되는 운에 남편이 바람을 피운다.

⑪ 일지(日支) 글자가 일간(日干) 글자와 동일 오행이므로 나 역시 바람을 피운다.

⑫ 지지(地支) 글자가 덥고 조갈할 때 여자는 심한 생리통을 겪는다.

1.6 자축(子丑)월 갑(甲)목 일간(日干)

자(子)월의 갑(甲)목은 냉동의 계절이라 지지(地支)에 불 기운이 있어야 먹을 것이 있는 환경이다. 지지(地支)에 오(午) 술(戌) 미(未)가 보전되면 비록 천간(天干)에 눈보라가 치는 환경이라도 먹을 복이 있어서 살아간다.

천간(天干)에 바람을 막아 주는 무(戊)토가 있으면 길하며 정(丁)화 불이 있으면 살아가는 데 지장이 없다.

축(丑)월이지만 아직 춥고 냉동의 계절이라 지지(地支)에 불 기운이 있으면 길하다. 토(土) 계절이므로 천간(天干)에 나무가 있고 불 기운이 있으면 용신(用神)으로 사용하여 봄여름 운으로 갈 때 꽃 피고 열매를 맺는 구조가 된다.

자축(子丑)월 갑(甲) 용신(用神)으로는 토(土), 화(火), 목(木)을 중심으로 사용한다.

甲 甲 乙 戊
子 辰 丑 戌 (坤)

대운(大運)

戊 己 庚 辛 壬 癸 甲

午 未 申 酉 戌 亥 子

① 추운 겨울 통나무가 나란히 있는데

② 천간(天干)에 토(土)의 계절이니 나무가 더 필요하고

③ 친구인 나무를 용신(用神)으로 하고 따뜻한 정(丁)화를 차용(次用)한다.

④ 지지(地支)에 자진(子辰) 글자가 추운데, 년지(年支) 술(戌)토가 따뜻하다.

⑤ 임술(壬戌) 대운(大運)은 일지(日支)와 충(沖) 하니 남편과 살지 못하고 사별을 한다.

⑥ 일지(日支) 진(辰)은 갑(甲)목의 뿌리로 따뜻한 불이 오기를 기다리는 생목이다.

⑦ 경(庚) 신(辛) 대운(大運)은 나무를 치니 흉하다.

⑧ 신(申) 유(酉) 대운(大運)은 금(金) 기운이나 자진(子辰) 글자로 설기(洩氣)가되고

⑨ 계절이 신(申) 유(酉)월이니 가을철에 해당하여 가을걷이로 돈을 번다.

⑩ 기미(己未) 대운(大運) 기(己)토는 갑기(甲己) 합으로 흉하나 나중에 을(乙)목으로 제어하니 흉이 넘어가고

⑪ 미(未) 대운(大運)은 용신(用神)이 고장(庫藏)인데 갑(甲)과 을(乙)이 같이 있으면 고장(庫藏) 안 들어간다.

⑫ 미(未)토가 축(丑)토를 깨면 술(戌)토가 살아나니, 일지(日支) 진(辰)토 서방보다는 술(戌)토 서방이 낫다.

⑬ 여자 명(命)으로 시간(時干)의 비겁 용신(用神)은 본인이 돈을 벌어서 살아

야 한다.

1.7 갑(甲)목 일간(日干)에 다른 글자가 온 의미

① 丙 甲 甲 : 갑(甲) 일간(日干) 시간(時干) 병(丙), 월간(月干)에 갑(甲)목이 온 것
은 잘 자라는 나무에 태양이 온 것으로 외부 환경이 길해서 직장 생활
하는 것이 좋다.

② 庚 甲 丁 : 갑(甲) 일간(日干) 시간(時干) 경(庚), 월간(月干)에 정(丁)이 온 것은
나를 치는 경(庚)금을 월간(月干) 정(丁)화가 막아 주는 것으로 정(丁)화가
희신(喜神)이다.

③ 乙 甲 乙 : 갑(甲) 일간(日干)에 양옆에서 새들이 재잘거리니 신경쇠약에
걸리겠다.

④ 乙 甲 庚 : 갑(甲) 일간(日干)에 월간(月干) 경(庚)금이 나를 치는데 시간(時干)
의 을(乙)이 합해 주니 친구 동료들이 나를 돕는다.

⑤ 辛 甲 丙 : 갑(甲) 일간(日干)에 시간(時干) 신(辛)금을 위대한 태양으로 합하
니 본인은 편한 듯한데 되는 일이 없다.

⑥ 己 甲 甲 : 갑(甲) 일간(日干)인 내가 시간(時干)에 누워 버렸는데 아버지
갑(甲)도 누워 버렸다.

⑦ 己 甲 庚 : 갑(甲) 일간(日干)인 내가 흉신(凶神) 경(庚)금을 피하여 시간(時干)
과 누워 버렸다.

⑧ 庚 甲 辛 : 갑(甲) 일간(日干)인 내가 경(庚)금과 신(辛)금에 시달리니 두통
이 심하고 병약하다.

⑨ 壬 甲 庚 : 갑(甲) 일간(日干)인 내가 경(庚)금에 맞고 있는데 임(壬)수 물이
있어 좀 낫다.

⑩ 癸 甲 癸 : 갑(甲) 일간(日干)인 내가 비에 젖고 있다. 비에 젖은 통나무다.

2. 을(乙)목 일간(日干)의 특성

을(乙)목은 새(乙)을 글자에서 온 것으로 새, 꽃, 바람, 패션, 즐거움, 기쁨, 사치, 이별, 가위, 넝쿨, 붓, 타자, 비행기 조종사, 털, 실, 보험, 골프채, 문구, 약초, 의복, 옷, 침구, 생선, 국수 등의 의미가 있다.

팔괘로는 곤(坤)괘에 해당되며 화해를 잘 시키고, 이별수, 사치성이 있다. 바느질, 그림 예술 등의 재능을 가지고 있다. 잘 돌아다니고 여성적이다.

곤(坤)괘는 어머니에 해당하는 궁으로 여성적인 특성을 가지고 있다. 다소 신경과민이 있고 예민하기도 한다.

손재주를 가지고 있고 글을 쓰거나 컴퓨터, 패션 감각이 있다.

성질은 바람처럼 변덕이 있으며 옆으로 횡행하는 기질이 있어 태양을 찾아 밖으로 돌아다니고 싶어 한다. 꽃에 해당되며 밝고 명랑하고 화려한 삶을 살고 한때 이름을 날리기도 하나 꽃은 화려한 기간이 짧다. 따라서 인생 말년에는 쓸쓸하고 고독하며 가난하게 사는 경우도 있다.

2.1 인묘(寅卯)월 을(乙)목 일간(日干)

봄철에 태어난 을(乙)목은 성정이 맑고 명랑하며 깨끗하다. 꽃으로 비유하면 일찍 피어나는 개나리, 진달래꽃에 해당된다. 사람의 성정도 성숙하고 쾌활하며 일찍 바람이 날 수도 있다.

천간(天干)에서 꽃은 태양이 가장 필요하다. 병(丙)화를 봐야 꽃을 피워서 길하고 지지(地支)는 황토에 해당하는 진(辰)토나 자미(子未) 토(土)를 보아야 길한 구조를 이룬다.

봄철 천간(天干)에 임(壬) 계(癸)수가 나오면 태양을 볼 수가 없어서 꽃을 피우지 못하고 건강에 애로가 발생한다.

을(乙)목도 나무에 해당하여 지지(地支)에서 뿌리가 상(傷)하면 천간(天干)에 태양이 와도 별로다. 나무뿌리가 상(傷)하면 잘 자랄 수가 없어서 인생에 애로가 있고 건강도 안 좋아 병고를 경험한다.

여성인 경우 일지(日支)에서 극(克) 맞은 경우 남편과 해로하기가 어렵다.

인묘(寅卯)월 을(乙)목 용신(用神)으로는 첫째가 병(丙)화이며 둘째가 무(戊), 진(辰)토가 길하다.

己 乙 丙 己
卯 亥 寅 亥 (坤)

대운(大運)
壬 辛 庚 己 戊 丁
申 未 午 巳 辰 卯

① 여자 명(命)으로 초봄의 개나리가 태양을 보고 있다.

② 개나리가 태양을 보고 있으니 화사하고 명랑하다.

③ 일지(日支)에 해(亥)수를 갖고 있어 꽃병의 꽃이라

④ 용신(用神)으로는 천간(天干)의 화(火), 토(土)를 사용한다.

⑤ 화부수자(火夫水子)에 해당하여 화(火) 남편 글자가 일지(日支) 수(水)에 극(克) 당하니 남편 덕은 없다.

⑥ 인해(寅亥) 합으로 어머니가 해(亥) 갖고 오면 내가 반대하고

⑦ 내가 해(亥) 갖고 오면 어머니가 반대하니 배우자가 불만이다.

⑧ 초반의 무진(戊辰) 대운(大運) 기사(己巳) 대운(大運)이 길한데

⑨ 경오(庚午) 신미(辛未) 대운(大運)에는 금(金) 극(克) 목(木)하니 흉하다.

2.2 진사(辰巳)월 을(乙)목 일간(日干)

진사(辰巳)월에는 나무를 더 심어야 하는 계절이다. 나무를 용신(用神)으로 하며 개나리, 진달래 다음에 피는 목단꽃, 장미꽃에 해당되며 봄꽃보다는 더 무게가 있고 중후하며 점잖은 편이다.

하늘에서는 태양이 있어야 꽃이 잘 자라고 활기차게 자신의 본분을 다할 수 있다. 지지(地支)에서 물기가 약간 있으면 좋고 없으면 토(土)라도 있어야 꽃을 피워서 먹을 것이 있다.

용신(用神)으로 나무를 우선 사용하고 그 다음에 태양, 지지(地支)에서는 물을 선택하여 쓴다.

丙 乙 辛 庚
子 巳 巳 子 (乾)

대운(大運)
丁 丙 乙 甲 癸 壬
亥 戌 酉 申 未 午

① 남자 명(命)으로 사(巳)월에 꽃이다.

② 시간(時干)에서 태양을 보니 창공을 나는 새로 비유하기도 한다.

③ 월간(月干) 신(辛)금이 나를 치는데 시간(時干)에 병(丙)화가 합해 주니 흉을 피했다.

④ 년간(年干) 경(庚)금은 역시 나를 위협하는 흉신(凶神)이다.

⑤ 월간(月干) 년간(年干)이 금(金)으로 나를 위협하니 강한 금(金)을 설기(洩氣)라도 해야 좋겠다.

⑥ 용신(用神)으로는 금(金)을 설기(洩氣)하는 자(子)수가 길하다.

⑦ 시지(時支)와 년지(年支)에 자(子)수가 있는데 용신(用神)으로 시지(時支)의 자(子)수를 먼저 사용한다.

⑧ 임오 계미 운은 천간(天干)이나 지지(地支)에서 모두 흉하니 힘든 어린 시절을 보냈다.

⑨ 수자금처(水子金妻)에 해당되며 일지(日支) 사(巳)는 마음에 들었다 안 들었다 한다.

⑩ 갑신 을유 대운(大運)이 길하여 영광을 보는 운이다.

2.3 오미(午未)월 을(乙)목 일간(日干)

오미(午未)월은 여름에 해당되며 지지(地支)에 물기가 있어야 꽃이 산다. 천간(天干)에서는 꽃이라 더운 여름에도 태양을 봐야 꽃이 활짝 피어난다. 태양이 있어야 길하다.

태양 없이 천간(天干)에서 임(壬) 계(癸)수가 나오면 꽃에 물을 왕창 부어 버린 격으로 꽃이 물에 젖어 소임을 다하지 못하고 흐물흐물해지고 병들어 죽게 된다. 늘 근심과 걱정이 있는 삶을 살아간다. 다만 천간(天干)에 정(丁)화가 있어 꽃이 불에 탈 경우에는 임계(壬癸)수를 사용한다.

여름 꽃이라 지지(地支)에서는 토(土)와 물기가 있어 보존이 되면 먹고사는 데 지장이 없으나 금(金) 기운이 있어 뿌리가 상(傷)하면 힘들고 가난한 생을 살아가게 된다.

미(未)월에는 토(土) 계절이라 나무가 더 있으면 좋고 천간(天干)에 병(丙)화 지지(地支)에 진(辰)토가 구비되어 있으면 미모가 있고 재주가 있어 공부도 잘 하고 영광이 있다.

용신(用神)으로는 지지(地支)에서 물을 사용하며 천간(天干)에서는 태양을 우선 사용한다.

己 乙 辛 甲
卯 丑 未 辰 (坤)

대운(大運)
乙 丙 丁 戊 己 庚
丑 寅 卯 辰 巳 午

① 여름철 꽃으로 하늘 말나리 꽃에 해당한다.

② 월간(月干) 신(辛)금은 나를 치는 흉신(凶神)이요

③ 시간(時干) 기(己) 토는 흉신(凶神)인데 내가 극(克)하니 무난하다.

④ 미(未) 월은 더운 열기를 품은 계절이라

⑤ 시지(時支) 묘(卯)목을 용신(用神)으로 하고 진(辰) 중 계(癸), 을(乙)을 사용한다.

⑥ 경오(庚午) 운은 흉하고 기사(己巳) 무진(戊辰) 대운(大運)은 보통이다.

⑦ 정묘(丁卯) 대운(大運)은 용신(用神) 운으로 길하고 정(丁)화는 신(辛)금을 쳐주어 편안하다.

⑧ 병인(丙寅) 대운(大運)은 인(寅)목 용신(用神)이 음(陰) 양(陽)으로 변하니 남편을 바꾼다.

⑨ 일지(日支)와 월지(月支)가 충(沖)을 이루니 부부 싸움이 자주 있으나 묘미(卯未) 합으로 고비를 넘기며 살아간다.

⑩ 시지(時支)의 용신(用神)이 있어서 남편이 내 돈을 갖고 쓰기를 좋아한다.

2.4 신유(申酉)월 을(乙)목 일간(日干)

가을철 을(乙)은 코스모스에 비유한다. 단아하고 예쁘게 핀 코스모스는 어딘가 모르게 우아하면서도 외롭다.

천간(天干)에 태양은 꽃을 더욱 밝고 아름답게 자라게 하지만 가을철 태양은 난강망의 이치로 보면 쇠약한 면이 있는 태양으로 약해서 좋은 용신(用神)이 되지 못한다. 따라서 가을철 을(乙)목은 좋은 남편을 맞이하기가 어렵다. 결국에는 홀로 사는 명(命)이 많다.

남자인 경우에도 한랭한 계절이라 용신(用神) 병(丙)화가 설기(洩氣)되는 면이 있어 아내와 자식이 무력하고 본인은 홀로 사는 홀아비가 많다.

천간(天干)에 태양이 있고 지지(地支)에 진(辰)토가 있어 꽃이 자라는데 좋은 환경을 이루면 하는 일이 순조롭고 재물을 모으고 사는 명(命)이 된다.

천간(天干)에서 산에 해당하는 무(戊)토가 있으면 금(金) 기운을 묻어 보이지 않게 하고 그 위에 꽃을 심으니 좋은 명(命)이나 산에 핀 꽃으로 외로운 면이 있다.

기(己)토가 나오면 길가에 핀 코스모스로 누구나 보고 만져 보기도 하고 꺾어 가기도 하여 화류계 계통에 종사하는 경우가 많다.

월지(月支)로 보면 신유(申酉)월은 금(金) 기운이 강하니 지지(地支)에 오술미 (午戌未)가 있어 금(金) 기운을 제어하면 나무가 사는데 어려움이 없고 유능한 일을 할 수 있는 능력자가 된다. 금(金) 기운을 제어하지 못하면 병고에 시달리고 심하면 요절할 수 있다.

용신(用神)으로 병(丙)화가 우선이고 천간(天干)에서 무(戊), 지지(地支)에 진(辰)이 좋고 화(火), 토(土), 목(木) 기준으로 한다.

壬 乙 辛 癸
午 丑 酉 卯 (坤)

대운(大運)
戊 丁 丙 乙 甲 癸 壬
辰 卯 寅 丑 子 亥 戌

① 가을철 을(乙)목은 코스모스에 비유할 수 있다.
② 월간(月干) 신(辛)금은 낮에 해당하여 나를 위협하고
③ 년간(年干)의 계(癸)수 시간(時干)의 임(壬)수는 비와 강물에 비유하여 가을
　　철에 흉하다.
④ 년지(年支)의 묘(卯)가 일간(日干)의 뿌리에 해당되며 월지(月支) 유(酉)금에
　　상(傷)했다.

⑤ 뿌리가 상(傷)해도 역시 사목(死木)에 해당한다.

⑥ 사목(死木)은 추운 계절이 길하고 술, 해, 자, 축 대운(大運)까지 길하다.

⑦ 시지(時支) 오(午)화가 용신(用神)이다.

⑧ 식신 용신(用神)에 해당하니 공무원 교육자가 맞다. 실제 대학 교수다.

⑨ 해자축 대운(大運)에 축재(蓄財)하고 길하다가

⑩ 병인(丙寅) 대운(大運)에 용신(用神) 합 되고 화(火)가 강해져 좋게 되어야 하나 사목(死木)은 더운 운이 오면 풀, 꽃 등이 시들해져 흉하게 된다.

2.5 술해(戌亥)월 을(乙)목 일간(日干)

술(戌)월 을(乙)목은 가을 국화에 비유하여 우아하고 단아하며 아름다운 면이 있다. 여자 명(命) 국화꽃은 시간(時干)이 지나면 풍뎅이만 생기는 일이 많으니 남편 덕이 없고 홀로 사는 경우가 많다. 남자인 경우도 홀아비가 많다.

해(亥)월에는 태양보다 정(丁)화가 더 그리운 계절이므로 온실 속에서 자라는 환경이면 길하다. 불이 있고 따뜻한 토양으로 이루어지면 온실 속의 꽃이니 원하는 일이 성취되고 재물도 있어서 복된 삶을 살아가는 명(命)이 된다.

용신(用神)으로는 목(木), 화(火)가 우선이며 술(戌)월에 지지(地支)가 불로 이루어지면 물을 쓰기도 한다.

癸 乙 甲 己
未 酉 戌 巳 (乾)

대운(大運)

甲乙丙丁戊己庚辛壬癸

子丑寅卯辰巳午未申酉

① 가을철 을(乙)은 국화꽃에 비유한다.

② 월간(月干) 갑(甲)이 년간(年干)과 합하여 누웠다.

③ 술(戌)월은 텁텁한 땅으로 더워서 시간(時干)의 계(癸)수를 용신(用神)으로 한다.

④ 월간(月干)의 갑(甲)도 열매요 토(土) 계절에 용신(用神)으로 사용하니 차용 (次用)이다.

⑤ 수자금처(水子金妻)에 해당하고 용신(用神) 고장(庫藏)을 시지(時支)에서 보 유하고 있다.

⑥ 자식 고장(庫藏)이어서 자식이 없다. 있다고 해도 본인 자식이 아니다.

⑦ 가을철 꽃이 한순간 피고 마는데 운이 봄여름으로 가서 용신(用神)이 할 일이 있으니

⑧ 한평생 길하게 살아가고

⑨ 말년의 자축 대운(大運)도 길하여 오래도록 일을 하고 장수한다.

⑩ 나보다 나은 비견으로 재물이 있고 지지(地支)에서 화(火)가 있고 물을 적절하게 사용하여 순탄하게 운이 흘렀다.

2.6 자축(子丑)월 을(乙)목 일간(日干)

겨울철 을(乙)목은 불이 있어야 꽃이 살고 바람을 막아 주는 무(戊)토가 있

어야 온실 속의 꽃이 된다. 따라서 정(丁)화와 무(戊)토가 있으면 길한 명(命)이
다. 지지(地支)에서는 불에 해당하는 글자가 있어야 따뜻함을 보존하며 고생
없이 살아가는 명(命)이 된다.

겨울철에 태어난 명(命)은 불 기운이 없으면 어려운 환경에 태어난 것으로
어릴 때 힘들게 생활하는 경우가 많다. 불 기운이 없이 천간(天干)에 임(壬), 계
(癸)수가 나오면 여자 명(命)은 자궁이 좋지 못하여 병고에 시달리게 된다.

용신(用神)으로는 화(火), 토(土), 목(木) 기준으로 정한다.

丙 乙 戊 庚

子 亥 子 子 (乾)

대운(大運)

癸 壬 辛 庚 己

巳 辰 卯 寅 丑

① 겨울철 을(乙)목은 해당화, 인동초에 해당한다.

② 병(丙)화는 태양이나 겨울철에 힘이 없고 월간(月干) 무(戊)토가 산으로
   용신(用神)이다.

③ 운이 봄여름으로 가서 길하게 작용하니 부자로 산다.

④ 일간(日干) 을(乙)목이 뿌리가 없으니 사목(死木)에 해당한다. 사목(死木)은
   봄여름으로 갈 때 흉이나 용신(用神)이 무(戊)토라 길하다.

⑤ 지지(地支)에 화(火)가 없고 차니 속이 냉하고 화토(火土)에 해당하는 인삼
   꿀을 복용하면 좋다.

⑥ 일지(日支)에 해(亥)가 있어 인묘진(寅卯辰)이 올 때 접 붙어 길하게 작용한다.

⑦ 화토(火土)가 용신(用神)이라 병(丙)화 무(戊)토가 오는 운에서 길하게 작용한다.

⑧ 묘(卯) 대운(大運)은 용신(用神) 무(戊)토가 극(克) 당하는 운이라 흉하다.

⑨ 지지(地支)가 차고 따뜻한 글자가 없어 원국이 흉하나 사목(死木)으로 운이 길하게 가는 명(命)이다.

丙 乙 乙 癸
戌 亥 丑 未 (坤)

대운(大運)

庚 己 戊 丁 丙
午 巳 辰 卯 寅

① 겨울철 을(乙)목은 동백꽃에 비유할 수 있다.

② 시간(時干) 병(丙)화는 겨울철에 약하다.

③ 토(土)의 계절이라 목(木)을 더 사용하여 을(乙)목을 용신(用神)으로 한다.

④ 시지(時支)의 술(戌) 중 정(丁)화가 역시 길(吉)하여 차용(次用)을 한다.

⑤ 년지(年支)의 미(未) 토는 용신(用神)의 뿌리에 해당되는데 월지(月支)의 축(丑)과 충을 이루고 있다.

⑥ 미(未)토가 축(丑)토를 이기고 년간(年干)의 계(癸)의 뿌리가 축(丑)이다.

⑦ 년간(年干)의 계(癸)수는 뿌리가 충(沖)당하여 시간(時干)의 병(丙)화를 극(克) 하지 못한다.

⑧ 병인 정묘 대운(大運)이 길하고

⑨ 무진 대운(大運)은 진술 충으로 흉하다.

⑩ 목부금자(木夫金子)에 해당하고 묘(卯) 대운(大運)에 결혼했다.

2.7 을(乙)목 일간(日干)에 다른 글자가 온 의미

① 乙 乙 丙 : 을(乙) 일간(日干)에 시간(時干)의 을(乙) 월간(月干)의 병(丙)화는 꽃밭에 꽃들이 피어 있는데 태양이 비춰 주는 형상.

② 丙 乙 辛 : 을(乙) 일간(日干)에 시간(時干)의 태양, 월간(月干)의 신(辛)금이 있는 것은 신(辛)금 낫이 꽃을 치려는데 시간(時干)의 병(丙)화가 신(辛)금 을 잡아 해결하여 준 것.

③ 辛 乙 甲 : 일간(日干) 을(乙) 목이 월간(月干) 갑(甲)목에 기대어 있는데 시 간(時干)의 신(辛)금 낫이 나를 위협하는 형상.

④ 乙 乙 庚 : 일간(日干) 을(乙)목, 시간(時干) 을(乙)목이 경(庚)금 바위에 깔려 있는 형상.

⑤ 庚 乙 丁 : 일간(日干) 을(乙)목이 시간(時干) 경(庚)금 바위에 깔려 있는데 월간(月干) 정(丁)화가 극(克) 하는 형상으로 아버지 덕이 지중하다.

⑥ 甲 乙 甲 : 일간(日干) 을(乙)목이 시간(時干)과 월간(月干)의 갑(甲) 통나무에

둘러싸여 있는 형상.

⑦ 己 乙 丙 : 일간(日干) 을(乙)목이 월간(月干) 태양에 잘 피고 있는데 길가
에 핀 꽃이라.

⑧ 庚 乙 庚 : 일간(日干) 을(乙)목이 시간(時干)과 월간(月干) 경(庚)금 바위틈에
핀 꽃이라.

⑨ 丙 乙 庚 : 일간(日干) 을(乙)목이 월간(月干) 경(庚)금 바위에 깔려 있는데
빛나는 태양.

⑩ 癸 乙 壬 : 일간(日干) 을(乙)목이 강 물가에 피어 있는데 비가 내리는 형상.

3. 병(丙)화 일간(日干)의 특성

병(丙)화는 태양에 비유하며 확장, 밝음, 밝은 빛, 전등에 해당한다. 성정으로는 밝고 명랑 쾌활하며 모든 면에서 박식하다는 소리를 듣는다.

하늘에 뜬 태양으로 자기가 잘났다고 생각하고 자존심도 강하다. 성격이 불같이 급한 면이 있고 만물을 양육한다는 자부심이 강하다. 때로는 사치를 하고 오만을 부리는 면도 있다.

약간의 허세가 있고 키운다는 의미를 가지는 태양이라 항상 자신감이 있다. 사물을 부풀리는 확대의 신이다.

팔괘로는 간(艮)에 해당하며 형광등, 전구, 고층 건물, 심장, 눈, 사진, 교회, 페인트, 거울, 극장, 호텔 등으로 비유한다.

직업 유형으로는 전자 계통, 보일러공, 건축업, 외교관, 교육자, 비닐하우스, 석유, 화공약품 등에 관련한 일에 종사하는 경우가 많다.

병(丙)화 임무는 임(壬)수 물을 가지고 갑(甲), 을(乙)목을 기르는 역할이다. 용신(用神)은 갑(甲), 을(乙), 임(壬), 진(辰) 등이다.

3.1 인묘(寅卯)월 병(丙)화 일간(日干)

봄철의 태양은 만물이 자라고 생성 양육되는 환경이라 모두가 환영한다. 아직은 어린 태양에 해당되므로 떠오르는 태양에 비유하여 희망과 포부가 크고 부모의 기대를 받고 자란다.

키우는 임무를 가지고 있어서 나무와 물을 가지고 있는 환경이면 인물이 잘났고 재물과 명예를 보유하는 명(命)이다.

지지(地支)에서는 나무뿌리가 상(傷)하면 하는 일이 중단되고 금(金) 기운이 없어야 길하며 있다면 화(火) 기운이 있어 제어해 주면 길하다.

천간(天干)에서 서리에 해당하는 신(辛)금이 있어 합이 되면 하는 일이 중단되고 여자 문제로 마음의 상처를 입는 경우가 있다.

천간(天干)에 나무 없이 무(戊)토 산이 있으면 민둥산에 나무 없이 비추는 태양에 해당하여 먹을 것이 없다.

시간(時干)에 경(庚)금이 있으면 태양이 쇠를 녹이려고 노력하여 어려운 일을 해결하는 임무를 맡게 되고 중책을 맡는 경우가 많다.

용신(用神)으로는 무(戊), 진(辰) 토(土)를 우선하고 화(火) 기운도 사용한다.

庚 丙 己 乙
寅 子 卯 巳 (坤)

대운(大運)
乙 甲 癸 壬 辛 庚
酉 申 未 午 巳 辰

① 묘(卯)월 병(丙)화로 봄에 태양이다.
② 월간(月干)의 기(己)토를 년간(年干) 을(乙)목이 잡아서 자존감이 무너지지 않았다.
③ 시간(時干)의 경(庚)금은 내가 제련해야 하는 일감이라 생각해서 기업체를 운영한다.

④ 토(土)가 필요한데 진(辰)토는 공협에 있으나 인중 무(戊)토를 용신(用神) 으로 쓴다.

⑤ 월지(月支) 묘(卯)는 태양에 도화이나 진(辰)토가 잡아 주니 잘 드러나지 않는다.

⑥ 축(土)토는 인(寅)목을 상(傷)하게 하는 글자이니 금(金)으로 변하면서 배 우자가 상(傷)한다.

⑦ 계미 대운(大運)에서 용신(用神) 고장(庫藏)과 태양에 계(癸)수가 죽으니 죽 을 고생을 한번 경험하고

⑧ 갑신 대운(大運)에는 갑(甲)목이 오니 재물 운이 있다.

⑨ 신(申) 대운(大運)은 시간(時干)의 경(庚)금이 지지(地支)로 내려와 용신(用神) 을 치니 흉하고 남에게 뒤통수 당한다.

⑩ 을유 대운(大運)은 을(乙)목이 경(庚)금을 잡고 유(酉)가 인(寅)목을 치나 신 (申)금 대운(大運) 보다는 낮다.

3.2 진사(辰巳)월 병(丙)화 일간(日干)

진(辰)월에는 어느 일간(日干)이든지 나무를 우선 심는다. 식목일이 있는 계 절이기도 하지만 나무가 잘 자라는 환경이므로 조열하지 않거나 나무가 많 지 않으면 나무를 용신(用神)으로 한다.

병(丙)화에 임(壬)수가 있으면 귀(貴)가 있고 나무가 있으면 재물에 해당하 여 부귀(富貴)영화를 누리는 환경이 된다.

잘 자라는 환경이므로 사람이 적극적이며 활기차고 꿈이 원대하다. 나무 뿌리가 상(傷)하지 않고 물기를 어느 정도 갖추었으면 하는 일이 잘되고 자기

꿈을 이루며 살아간다.

용신(用神)으로는 목(木), 지지(地支)의 수(水)를 중심으로 정한다.

庚 丙 丙 戊
寅 寅 辰 戌 (乾)

대운(大運)
庚 己 戊 丁
申 未 午 巳

① 진(辰) 월의 병(丙)화는 봄에 태양이다.

② 진(辰) 월에는 나무를 심어야 하는데 천간(天干)의 경(庚) 금은 흉신(凶神)
이다.

③ 시지(時支) 인(寅)목이 용신(用神)으로 천간(天干)에서는 월간(月干) 병(丙)화
도 사용한다.

④ 정사 대운(大運)은 정(丁)화가 경(庚)금을 제어하니 길하다.

⑤ 무오 대운(大運)은 병(丙)화가 설기(洩氣)되고 인(寅)목이 합 되어 공부가
안 된다.

⑥ 남자 명(命)으로 목자수처(木子水妻)에 해당되는데 인(寅)목은 물을 빨아
들이는 목(木)이므로 아내 덕이 없다.

⑦ 기미 대운(大運)은 병(丙)화가 기(己)토에 흉하고 용신(用神)이 고장(庫藏)이
라 힘들다.

⑧ 경신 대운(大運)은 경(庚)금 흉신(凶神)이 더 오고 신(申)금이 시지(時支) 인

(寅)목을 치니 삶이 고단하다.

⑨ 천간(天干)은 겉모양이라 화려하나 지지(地支)에서 안착을 못 하니 결실을 보기 어렵구나.

⑩ 좋은 토양에 술(戌)토가 깨 버리니 나무가 자랄 수가 없다.

3.3 오미(午未)월 병(丙)화 일간(日干)

여름철 태양은 힘차고 활기차다. 따라서 어디를 가든지 환영받고 환대받는 명(命)이다. 사람이 가만히 앉아 있지 못하고 무슨 일이든지 해야 직성이 풀리는 성정으로 활동적이고 적극적인 사람이다.

본인이 일이 있다고 생각하니 천간(天干)에 임(壬)수가 나오고 양육할 나무가 있어야 부귀공명(富貴功名) 한다.

여름철이어서 지지(地支)에 물기가 없으면 겉모습은 화려하나 실속이 없고 삶이 허망하게 된다. 물기가 없으면 토(土)를 사용하는데 무(戊)토는 산으로 사용이 가능하나 기(己)토는 사용하지 않는다. 태양이라 지지(地支)에 물이 없다고 해서 천간(天干)에서 계(癸)수를 사용하지 못함은 태양이 비치지 못하기 때문이다.

태양에 토(土)가 많아 설기(洩氣)되는 환경이면 나무를 심어야 하는데 나무가 없으면 사람이 게으르고 빈곤하다.

용신(用神)으로는 수(水), 목(木)을 중심으로 정한다.

甲 丙 己 癸

午 戌 未 酉 (乾)

대운(大運)

甲 乙 丙 丁 戊

寅 卯 辰 巳 午

① 미(未) 월의 병(丙)화는 여름철에 태양이다.

② 시간(時干)의 나무가 길한데 년간(年干) 계(癸)수를 월간(月干) 기(己)토가 쳐 주고 있다.

③ 천간(天干)에서 갑기 합으로 토(土)로 변하여 계(癸)수를 치는 구조이다.

④ 진술축미 월에는 나무를 우선으로 하나 시간(時干)의 갑(甲)목이 합으로 누웠다.

⑤ 년간(年干)의 계(癸)수는 병(丙)화에게 최 흉신(凶神)이니 극(克) 하는 기(己) 토를 선용(先用)한다.

⑥ 토자화처(土子火妻)에 해당되고 일지(日支)에서 술(戌) 중 정(丁)화가 있으 니 처덕이 길하다.

⑦ 천간(天干)에서 용신(用神)이 합 되어 무(戊)토로 변화되면서 강해지니 재 물을 얻는다.

⑧ 초년부터 용신(用神)이 뜨니 공부도 잘하고 길하게 가는 구조이다.

⑨ 을묘 대운(大運)은 용신(用神)이 극(克) 당하는 운이라 흉하고 지지(地支)에 서 목(木)으로 변해 술(戌)토를 치니 아내가 힘들다.

3.4 신유(申酉)월 병(丙)화 일간(日干)

가을철의 태양은 결실을 보는 계절이므로 임(壬)수와 갑(甲)목을 만나면 부귀(富貴)하다. 화(火) 기운이 약해서 목(木)을 우선하는데 생목(生木), 사목(死木)을 가려서 사용한다.

생목(生木)이면 돌아오는 봄에 꽃과 열매를 맺을 수 있는 희망을 가지고 살 수 있고 사목(死木)이면 봄을 기대하고 살 수 없는 명(命)이 된다.

신유(申酉)월이라 지지(地支)에서 나무의 근지(根支)가 상(傷)하게 되는 환경이 되기 쉽다. 따라서 금(金) 기운을 제어하는 오(午)화가 있어야 길하고 없으면 나무를 잘 기를 수 없는 조건이 된다.

가을철에는 태양의 기운이 약해지는 시기이므로 천간(天干)에 정(丁)화가 나오면 용이하게 사용하나 태양 입장에서는 자존심이 상(傷)하는 것이다. 정(丁)화가 요긴하게 사용하는 것은 유(酉) 금에서 장생지(長生支)에 비유하면 이해하기 쉽다.

용신(用神)으로는 목(木)을 우선하고 수(水)를 보조로 사용한다. 가을철에 나무를 사용하는 이유는 열매 수확의 계절이어서 보탬이 된다고 생각하면 확연해진다.

甲 丙 己 壬
午 戌 酉 辰 (乾)

대운(大運)
甲 癸 壬 辛 庚
寅 丑 子 亥 戌

① 유(酉)월 가을철에 태양이다.

② 시간(時干)의 갑(甲)목 열매가 길하나 월간(月干)과 합한 것이 아쉽다.

③ 월간(月干) 기(己)토는 임(壬)수와 탁수(濁水)하고 태양을 땅에 떨어지게 하
는데 시간(時干)과 합했으니 반드시 흉한 것만은 아니다.

④ 월지(月支)의 유(酉)금이 나무에게는 흉이나 술(戌)토가 제어하고

⑤ 가을철이라 열매가 더 필요하니 진(辰)중의 을(乙)목도 사용한다.

⑥ 시지(時支)의 오(午)화도 불이라 도움 되는 것이니 해당 육친이 길하리라.

⑦ 남자 명(命)으로 목자수처(木子水妻)에 해당하는데 술(戌)토가 일지(日支)에
앉으니 덕이 없다.

⑧ 경술 신해 대운(大運)은 목(木) 용신(用神) 자에게는 흉이요

⑨ 임자 계축이 지지(地支)의 술(戌)토를 식혀 주니 길한데 축(丑)토는 오(午)
화를 끄니 흉하다.

⑩ 갑인 을묘 대운(大運)으로 가니 용신(用神)이 오는 말년은 살 만한 운이다.

3.5 술해(戌亥)월 병(丙)화 일간(日干)

늦가을 초겨울의 태양은 그 임무가 다하여 할 일이 없다. 술(戌)월의 태양
은 토(土)가 왕(旺) 한 계절이라 나무를 용신(用神)으로 하고 더운 토(土)의 기운
이 강할 때는 임(壬)수를 차용(次用)하는 것이 좋다.

지지(地支)에는 더운 열기에 토(土)가 있어 나무뿌리가 타 버릴 수 있으므로
인묘진(寅卯辰)이 없는 것이 좋다. 태양이 묘(墓)에 해당하는 계절이라 동기간
형제와 사이가 좋지 않고 홀아비 과부가 많다.

해(亥)월의 태양은 나무로 변할 글자를 가진 것으로 천간(天干)에 나무, 시간
(時干)에 임(壬)수, 지지(地支)에 토(土)가 있으면 재물과 명예가 있는 환경이다.

지지(地支)에 해묘미(亥卯未) 목국(木局)이 되고 나무가 무성하면 너무 많아 욕심은 많고 능력은 없는 사람이다. 이때 금(金)과 화(火)가 있어 적절하게 제어되면 욕심을 덜고 능력이 있으며 재물을 모아서 살 수 있다.

용신(用神)으로는 목(木), 수(水), 토(土)를 사용한다.

壬 丙 甲 甲
辰 寅 戌 申 (乾)

대운(大運)
庚 己 戊 丁 丙 乙
辰 卯 寅 丑 子 亥

① 술(戌)월 가을철에 태양이다.

② 가을의 태양이 물과 열매를 보니 보기에 좋다.

③ 가을 열매가 지지(地支)에서 모두 타 버리니 애석하구나.

④ 타는 열매를 끄기 위해서라도 물이 필요하니 임(壬)수가 용신(用神)이다.

⑤ 남자 명(命)으로 수자금처(水子金妻)에 해당되니 일지(日支)가 목(木)이라 덕이 없구나.

⑥ 시지(時支) 진(辰)토가 길하다고 하나 일지(日支) 목(木)이 불을 내니 삶이 어렵다.

⑦ 무인 대운(大運)이 오니 무(戊)토가 그나마 있던 물을 치니 흉하고

⑧ 인(寅)목은 운에서 다시 오니 불을 더 낸다.

⑨ 태양이라 더워도 버틴다고 하나 지지(地支)에서 화국(火局)을 이루니 삶

이 힘들다.

⑩ 갑자 운에 자(子)수가 지지(地支)에서 설기(洩氣)되어 흉하고 타는 불에 물을 뿌린다고 이기지 못하니 사망에 이른다.

3.6 자축(子丑)월 병(丙)화 일간(日干)

겨울철에 태양은 자기 임무가 없어서 능력이 없고 할 일이 없는 환경이다. 따라서 늘 한가롭게 지내려고 하고 급할 게 없다고 생각한다. 추운 겨울이어서 지지(地支)에 따뜻한 화(火)가 있어야 추위를 견딜 수 있고 생활도 윤택하고 안락한 삶을 살아갈 수 있다.

천간(天干)에서 나무와 임(壬)수가 있고 지지(地支)에 그 뿌리가 보존되면 초년에 고생은 하지만 중년 이후에 열매를 맺어 발복(發福)하는 좋은 명(命)이 된다. 추위를 이기는 데는 무(戊)토가 제방과 제풍이 되어 긴요하니 산이 있으면 삶이 여유롭다.

산이 없고 지지(地支)에도 화(火)가 없이 천간(天干)에 물이 나오면 방랑객이요, 빈천하여 거지에 해당한다.

자(子)월의 태양은 동빙한설(凍氷寒雪)에 해당하는 추운 계절이라 무(戊)토가 제일 긴요하다. 그 다음에 나무, 지지(地支)의 화(火)순으로 사용한다. 우선 산으로 제방을 쌓고, 나무를 심어야 좋은 환경을 이루고 결실을 맺는 시기가 오는 것이다.

지지(地支)에 물이 많아도 무(戊)토 산으로 제방이 가능하고 나무는 있는데 제방이 없으면 쌓아 둘 곳 없는 재산에 불과하다. 재물이 모이지 않고 욕심만 많고 답답한 성정임으로 제방이 우선이다.

용신(用神)으로는 토(土), 화(火)를 사용한다.

庚 丙 己 乙
寅 申 丑 丑 (乾)

대운(大運)
庚 辛 壬 癸 甲 乙 丙 丁 戊
辰 巳 午 未 申 酉 戌 亥 子

① 축(丑)월의 병(丙)화는 겨울철 태양이다.
② 축(丑)월에는 목(木)이나 화(火)를 용신(用神)으로 사용하는데 년간(年干)의
　을(乙)목이 용신(用神)이다.
③ 시지(時支) 인(寅)목은 일지(日支)의 신(申)금에 극(克) 맞아 약한 듯해도 축
　(丑)토에 신(申)금이 상(傷)해 약한 것은 아니다.
④ 월간(月干) 기(己)토는 병(丙)화에게는 땅에 떨어지게 하는 것이라 흉한데
　을(乙)목이 기(己)토를 제거하니 흉이 반감되었다.
⑤ 무자 대운(大運)은 추운 병(丙)화에게 무(戊)토 산은 의지처가 되어 길하다.
⑥ 정해 운은 경(庚)금을 제어하는 정(丁)화가 길하고
⑦ 병술 운에 인술(寅戌) 합으로 일간(日干)이 강해지나 용신(用神) 고장(庫藏)
　이 오니 한 번은 변화 개혁한다.
⑧ 갑신 을유 운이 길하고 계미 운이 흉한 듯해도 흉을 제거하여 반흉반
　길에 해당하고
⑨ 임오 운에는 명예가 다시 살아나고 용신(用神)이 꽃을 피우니 할 일이

계속 있다. 을(乙)목은 오(午)화에 꽃을 피운다.

⑩ 경진 대운(大運)은 용신(用神)이 합하고 나이 들어 진(辰)토 운이 오면 천국에 가려고 한다.

3.7 병(丙)화 일간(日干)에 다른 글자가 온 의미

① 乙 丙 甲 : 태양이 자라게 해야 할 나무가 무성하다.

② 癸 丙 戊 : 태양이 뜨는데 비가 내리는 것을 무(戊)토가 제어하니 아버지 덕이 지중하다.

③ 辛 丙 丙 : 서리가 내린 태양이며 사랑에 멍든 태양이다.

④ 丁 丙 癸 : 본인은 치사하나 정(丁)화로 계(癸)수를 쳐 주길 바라는 마음인데 약하다.

⑤ 庚 丙 庚 : 양쪽의 경(庚)금을 녹이려고 애쓰는 태양이다.

⑥ 己 丙 己 : 길바닥을 비추는 태양으로 소득이 없이 내리쬔다.

⑦ 戊 丙 戊 : 서산 넘어가는 태양으로 힘겹다. 고독한 태양에 해당한다.

⑧ 壬 丙 壬 : 바다 위의 태양으로 귀(貴)하게 떠오른다. 여름에 할 일이 많다.

⑨ 壬 丙 癸 : 귀하게 떠오르는 태양인데 비가 내린다. 명예를 더럽힌다.

⑩ 乙 丙 庚 : 바위에 깔린 꽃을 비추는 태양에 해당된다.

4. 정(丁)화 일간(日干)의 특성

정(丁)화는 불에 해당하며 하늘에서는 별, 지상에서는 촛불에 비유한다. 촛불이어서 자신을 태워 희생하는 성정이 있고 기도하는 마음으로 종교, 철학 등에 관심이 많다.

불이어서 상승하는 마음, 진격하는 마음, 결과 성숙, 변혁, 자기도 변화함, 정열적이며 헌신적 희생적인 면이 강하다. 용신(用神)으로 사용하는 자는 자비심, 사랑, 정(情)을 가지고 있으며 다소 예민한 성정도 있다.

사람이 착하고 섬세한 면이 있고 어두운 길을 밝히는 의미가 있어 활인지명(活人之命) 삶을 사는 사람이 많고 의로운 말과 행동을 보인다.

정(丁)화는 경(庚)금이 귀(貴)에 해당하고 일거리이다. 갑(甲)목이 있으면 태워서 용광로 땔감이 되고 자기 능력에 해당한다. 따라서 경(庚)금이 있는데 갑(甲)목이 없으면 일거리가 있어도 본인은 행하지 못하는 무능력자이며, 반대로 갑(甲)목이 있는데 경(庚)금이 없으면 능력은 있으나 일거리가 없어 한가히 노는 실업자에 해당한다.

팔괘로는 태(兌)괘에 해당되며 금(金) 기운을 녹여서 기물을 만드는 성정을 가지고 있다. 그 임무가 갑(甲)목으로 경(庚)금을 녹여 제품을 만드는 데 있다.

용광로, 화로, 기도, 선생, 타는 불, 피, 눈, 안경, 전화, 여관, 주점, 오락실, 자가용, 사랑, 등대의 의미가 있다.

직업으로는 아나운서, 디자이너, 전자제품, 역술인, 장군, 의사, 변호사, 정치인 등에 알맞다.

4.1 인묘(寅卯)월 정(丁)화 일간(日干)

초봄의 정(丁)화는 하루로 비유하면 해 뜨기 전의 촛불에 해당되는데 아직은 태양이 나오지 않는 시간(時干)대이므로 자신의 역할이 남아 있다.

그러나 만물(萬物)이 자라는 시기에 본인은 태우는 불로 태어났으니 남에게 환대받지 못하는 환경이다. 부모의 기대를 저버리는 경우도 있고 건강도 좋지 못해 고독과 슬픔에 대한 생각에 잠기는 일이 많다.

아침 해가 뜨기 전이지만 이미 날이 밝아 오는 시간(時干)이므로 촛불을 환영하지 않는 것이다. 춘절에 정임(丁壬) 합이 되면 본인 스스로 촛불이 아니오 하는 것이므로 착한 성정이다.

용신(用神)으로는 인묘(寅卯)월 목(木)의 계절이라 본인이 빛나기 위해 무(戊)토를 선용(先用)하는데 무(戊)토는 산, 커튼에 비유하는바 촛불이 빛나기 위해서 커튼으로 가려 줘야 길하다.

춘절에 갑(甲)목, 경(庚)금이 모두 있으면 본인 일도 하고 능력은 있으나 땔감이 아직은 축축한 땔감이라 불을 내는데 눈물이 나니 서러운 일이 많고 눈물도 많다.

庚 丁 辛 辛
子 未 卯 卯 (乾)

대운(大運)
丁 戊 己 庚
亥 子 丑 寅

① 묘(卯)월 정(丁)화로 하루로 보면 아침에 불이다.

② 해가 뜰 때 불은 환영받지 못한다.

③ 시간(時干) 경(庚) 금은 일거리요, 월간(月干) 년간(年干)의 신(辛)금은 신경 쓰이는 존재다.

④ 일지(日支) 미(未)토가 나의 뿌리요, 토(土)를 갖고 있어서 용신(用神)이다.

⑤ 시간(時干) 경(庚)금도 용신(用神)이나 차용(次用)이다.

⑥ 축(丑) 대운(大運)은 미(未)토 고장(庫藏)이라 하나 미(未)토가 이겨서 고장(庫藏) 안 들어간다.

⑦ 축(丑) 대운(大運)에 축미 충(沖)으로 목화(木火)가 튀어 오르니 길하다. 일 류대가 충분하다.

⑧ 남자 명(命)으로 토자화처(土子火妻)인데 무자 대운(大運)이 길하여 재물로 성공하고

⑨ 해(亥) 대운(大運)에는 일지(日支)와 합하여 목(木)을 이루어 용신(用神)에게 는 도움이 안 되니

⑩ 이혼과 재혼을 반복하여 변화되는 운이다.

4.2 진사(辰巳)월 정(丁)화 일간(日干)

진사(辰巳)월 정(丁)화는 하루로 보면 이미 해가 나온 후의 촛불에 해당하여 환대를 받기에는 늦은 시간(時干)대이다. 그러나 갑(甲)목과 경(庚)금이 있으면 일이 많고 해결하는 능력자에 해당한다.

사(巳)월에는 경(庚)금이 긴요하게 쓰이며 갑(甲)목이 있으면 의타심이 강하고 의존하는 면이 있다. 지지(地支)에서 금(金) 기운이 있으면 일거리로 부르는

곳이 많아 바쁘다.

　용신(用神)으로는 목(木), 금(金)을 사용한다.

癸 丁 丁 癸
卯 丑 巳 卯 (坤)

대운(大運)
癸 壬 辛 庚 己 戊
亥 戌 酉 申 未 午

① 사(巳)월 정(丁)화는 불이라, 불을 환영하는 계절이 아니다.

② 시간(時干) 계(癸)수는 나를 극(克) 하고, 년간(年干) 계(癸)수는 월간(月干)을
　극(克) 해 주니 나은 듯하나

③ 용신(用神)으로 사용할 나무가 보이지 않는다. 정(丁)화는 묘(卯)목을 사
　용하지 않는다.

④ 묘(卯)목은 젖은 나무에 해당하여 땔감으로 사용하면 눈물이 난다.

⑤ 축(丑)과 묘(卯)목 사이에 공협 인(寅)목이 있으니 선용(先用)하고 사(巳)중
　무(戊)토, 진(辰) 중 을(乙)목을 사용한다.

⑥ 여자 명(命)으로 어린 나이 기미 대운(大運)에 기(己)토가 계(癸)수를 극(克)
　하니 무엇인가 용기가 나는데

⑦ 미(未)토는 용신(用神) 인(寅)목이 고장(庫藏)이라 남자를 만나도 지속되지
　못한다. 첫 남자는 실패다.

⑧ 임술(壬戌) 대운(大運)이 오면 일간(日干)을 합하고 용신(用神)을 합하니 가

습이 답답하고 우울증이 심하다.

⑨ 사용할 수 있는 용신(用神)이 여러 개라 남자가 많은데 반듯한 남자가 없다.

⑩ 사(巳)월 정(丁)화는 남들에게 환영받지 못하는 면이 있으니 감안해야 한다.

4.3 오미(午未)월 정(丁)화 일간(日干)

오미(午未)월 정(丁)화는 하루로 보면 한낮에 해당한다. 한낮에 촛불을 상기하여 보면 그 누구도 반가워하지 않는다. 태양이 떠 있는데 본인 정(丁)화는 빛이 나지 않고 소외되기 쉽다. 부모덕이 없고, 자수성가해야 하는 명(命)이다.

여름철 정(丁)화도 본인이 할 일에 해당하는 경(庚)금이 나오면 자기 할 일을 하고 능력도 있고 훌륭한 사람이다. 이때에는 더운 여름철이라 지지(地支)에 경(庚)금 뿌리가 있어야 길하다.

천간(天干)에 임(壬), 계(癸)수가 있으면 비 오는데 촛불을 들고 나간 것이라 흉하다.

원국이 조열한 때에 나온 불이라 지지(地支)에 수기(水氣)가 없으면 단명(短命)할 수 있다.

용신(用神)으로는 경(庚)금, 토(土), 목(木)순으로 사용된다.

庚 丁 甲 丙
戌 丑 午 子 (坤)

대운(大運)

己 庚 辛 壬 癸

丑 寅 卯 辰 巳

① 여자 명(命)으로 오(午)월의 정(丁)화 불이라

② 시간(時干) 경(庚) 금을 용신(用神)으로 하여 금부화자(金夫火子)라

③ 계사(癸巳) 임진(壬辰) 신묘(辛卯) 대운(大運)은 습한 운이나 부모 환경이 길
  하여 대학 나오고

④ 경인(庚寅) 대운(大運)은 인오술 화국(火局)으로 조열하여 남편을 잃거나
  무속 신앙에 빠지는데

⑤ 남편과는 불화가 있고 무속 신앙에 빠져서 힘든 나날을 보낸다.

⑥ 41세 인(寅) 대운(大運)에 더욱 신앙에 빠지는데

⑦ 언제쯤 신앙에서 나올 수 있을까?

⑧ 기축(己丑) 대운(大運)에는 오(午)화가 죽어서 신앙에서 나올 것이다.

癸 丁 己 戊

卯 未 未 戌 (乾)

대운(大運)

乙 甲 癸 壬 辛 庚

丑 子 亥 戌 酉 申

① 미(未)월 정(丁)화는 한낮에 촛불을 들고 나간 형상이다.

② 시간(時干) 계(癸)수는 최 흉신(凶神)인데 월간(月干) 기(己)토가 극(克)하니 부덕(父德)이 있다.

③ 정(丁)화는 땔감이 필요한데 묘(卯)목은 습목이라 용신(用神)으로 사용하지 않는다.

④ 미(未) 중 을(乙)목을 용신(用神)으로 하니 목자수처(木子水妻)에 해당한다.

⑤ 아내 수처(水妻)가 일지(日支) 미(未)토에 더워서 견디기 힘든 상황인데

⑥ 원국에서 미(未)토가 계(癸)수를 극(克)해서 평소에는 문제가 발생하지 않는다.

⑦ 기(己)토가 계(癸)수를 치지 못하는 상황이 오면 맞고 있던 계(癸)수가 나를 친다.

⑧ 을축 대운(大運)에 을(乙)목이 기(己)토를 치면 축미 충(沖)으로 수처(水妻)가 나간다.

⑨ 축(丑)토가 시원하다고 밖으로 나가는 형상이다. 집 안에서는 더워 죽겠다고….

4.4 신유(申酉)월 정(丁)화 일간(日干)

신유(申酉)월 가을철 정(丁)화는 불이 필요한 시기에 태어난 것으로 사람들이 환영하고 쓰임이 지중하다. 천간(天干)에 경(庚)금과 갑(甲)목이 있으면 부(富)와 귀(貴)가 있는 명(命)이다.

불이 필요한 시기에 나온 것으로 태양이 나오더라도 개의치 않고 본인에게 주어진 일을 수행하고 능력을 발휘한다.

가을 정(丁)화는 희망이 있고 그 마음씨가 착하다. 갑(甲)목을 용신(用神)으

로 할 때 남자는 목자수처(木子水妻)에 해당되니 나무를 기르는 물을 아내가 가진 연고로 부잣집 사람이다.

아들은 가을 나무에 해당되니 재목감이 되고 여자 자식은 가을의 꽃 또는 나무라 말년이 쓸쓸하고 과부에 해당한다.

용신(用神)으로는 목(木)이 우선이고 물을 제어하기 위해 토(土)를 사용한다. 경(庚)금은 정(丁)화 본인이 할 일에 해당하는 것이지 용신(用神)은 아니다. 목(木)과 함께 사용한다.

壬 丁 癸 己

寅 卯 酉 卯 (坤)

대운(大運)

庚 己 戊 丁 丙 乙 甲

辰 卯 寅 丑 子 亥 戌

① 유(酉)월 정(丁)화는 가을철 불에 해당한다.

② 월간(月干) 계(癸)수가 흉한데 년간(年干) 기(己)토가 계(癸)수를 쳐 주고

③ 시간(時干) 임(壬)수와 합하여 따뜻한 물이 되는데

④ 용신(用神)은 나무를 써야 나의 땔감이 되는바 인(寅)목이 길하다.

⑤ 목부금자(木夫金子)에 해당하여 묘(卯)목 인(寅)목 나무가 셋이라

⑥ 남자가 셋이나 들어오는데 월지(月支) 유(酉)금과 충(沖)을 하니 남자 모두 이별이다.

⑦ 진(辰) 대운(大運)에는 유(酉)금에 맞던 묘(卯)목이 진(辰)토가 왔다고 나간

다. 남편이 가출한다.

⑧ 천간(天干)에서 기(己)토를 용신(用神)으로 하고 지지(地支)에서 인(寅)목이
용신(用神)이라

⑨ 들어오는 남자도 많고 나가는 남자도 많다.

4.5 술해(戌亥)월 정(丁)화 일간(日干)

늦가을과 초겨울 정(丁)화는 그 기가 약하나 쓰임은 매우 지중하다. 불이
왕(旺) 해야 하니 천간(天干)에 갑(甲) 경(庚)이 있고 바람을 막아 주는 무(戊)토가
있으면 영화스러운 삶을 살아간다.

무(戊)토가 없으면 바람을 막아 주지 못하니 늘 불안 속에서 생활하는 삶
이라 언제 꺼질지 모른다.

나무를 용신(用神)으로 하여 본인에 땔감으로 지속되어야 하고 토(土)를 사
용하여 바람을 막는 보온이 된다면 길하다.

용신(用神)으로는 목(木), 토(土), 금(金)을 사용한다.

庚 丁 戊 辛
戌 亥 戌 巳 (坤)

대운(大運)
甲 癸 壬 辛 庚 己
辰 卯 寅 丑 子 亥

① 여자 명(命)으로 가을 불이라 초롱초롱한데

② 시간(時干) 경(庚)금을 용신(用神)을 삼고

③ 신축(辛丑) 대운(大運) 용신(用神) 고장(庫藏)으로 매사 불성(不成)이다.

④ 을축(乙丑)운에 용신(用神) 합으로 결혼은 하였는데

⑤ 용신(用神) 합으로 남편이 힘이 없다.

⑥ 경오(庚午)년 임신 가능성을 문의한바

⑦ 임신이 쉽지 않겠는데 그 이유는 용신(用神) 합으로 힘이 없다.

⑧ 일지(日支) 해(亥) 글자가 양쪽 술(戌)에 타고 있는 연고이다.

4.6 자축(子丑)월 정(丁)화 일간(日干)

한겨울 정(丁)화는 그 쓰임이 중대하고 어디를 가더라도 중책을 맡아 훌륭하게 처리하는 능력을 갖고 태어났다. 소중한 자식으로 태어나서 세상을 위해 할 일을 할 수 있는 환경을 이루었으면 부(富)와 귀(貴)가 지속될 것이다.

정(丁)화는 목(木)을 용신(用神)으로 하고 경(庚)금이 있으면 부귀(富貴)를 겸전하게 된다. 목(木)이 너무 많아 왕(旺) 하면 토(土)를 사용하고 그 다음에 금(金)을 사용한다.

지지(地支)에 물 기운이 너무 많으면 천간(天干)에서 무(戊)토를 사용하고 토(土)만 있어도 의식(衣食)은 있다.

토(土) 용신(用神)자의 남자 명(命)은 토자화처(土子火妻)에 해당되니 아내가 나와 같은 불을 사용해서 맞벌이 부부가 되고 목(木) 용신(用神)자 남자 명(命)은 목자수처(木子水妻)에 해당하여 아내가 물에 해당되니 의견이 안 맞고 병고에 시달리고 불만이 가득하다.

용신(用神)으로는 토(土), 목(木), 금(金)을 사용한다.

戊 丁 丙 己

申 巳 子 酉 (坤)

대운(大運)

壬 辛 庚 己 戊 丁

午 巳 辰 卯 寅 丑

① 여자 명(命)으로 겨울철의 불이라

② 바람이 불면 꺼지니 시간(時干)의 무(戊)토는 커튼으로 보호가 되고

③ 추운 겨울에 물을 막아야 사니 토(土)가 용신(用神)이다.

④ 년간(年干) 기(己)토가 용신(用神) 글자이므로 첫 애인이다.

⑤ 시간(時干) 무(戊)토가 본 남편에 해당하니 첫사랑에는 실패하고

⑥ 무인(戊寅) 대운(大運) 용신(用神)이 오니 길하고 결혼을 한다.

⑦ 기(己)토가 편 남편이라 기묘(己卯) 운에 다른 남자 만난다.

⑧ 추운 겨울에 일지(日支)가 사(巳)는 좋은 글자인 듯하여 남편 덕이 있을
   것 같으나

⑨ 사(巳)는 가짜 글자라 덕이 없다.

⑩ 신(申) 유(酉) 모두 금(金) 글자이므로 모두 음흉한 남자들이다.

4.7 정(丁)화 일간(日干)에 다른 글자가 온 의미

① 癸 丁 戊 : 정(丁)화 일간(日干)이 시간(時干)의 계(癸)수를 월간(月干) 무(戊)토
가 잡아 해결해 준 것으로, 아버지 덕이 지중하다.

② 壬 丁 癸 : 정(丁)화 일간(日干)이 월간(月干) 계(癸)수가 싫어서 시간(時干)의
임(壬)수와 합을 한 것으로, 나를 치는 흉신(凶神)을 피해서 합한 것으로
위기 대응 능력이 있다.

③ 乙 丁 乙 : 정(丁)화 일간(日干)이 양옆에 땔감을 충분히 보유하고 있다.

④ 戊 丁 戊 : 정(丁)화 일간(日干)이 양옆에 산으로 둘러싸여 있다. 산속의
촛불로 수행하는 수도승에 비유하기도 한다.

⑤ 己 丁 己 : 정(丁)화 일간(日干)이 구름 가득한 형상으로 흐린 별빛에 해
당한다.

⑥ 辛 丁 辛 : 정(丁)화 일간(日干)이 양옆에 보석을 녹이려 하고 있다. 아둔
한 사람이다.

⑦ 庚 丁 甲 : 정(丁)화 일간(日干)이 시간(時干)의 경(庚)금을 제련한다. 단단
하고 강한 형상이다.

⑧ 甲 丁 甲 : 정(丁)화 일간(日干)이 양옆의 통나무에 눈물만 난다. 몸이 아프다.

⑨ 甲 丁 己 : 정(丁)화 일간(日干)이 시간(時干)의 통나무가 월간(月干) 기(己)토에 누웠다. 눈물 나는 것은 피했다.

⑩ 乙 丁 庚 : 정(丁)화 일간(日干)이 내 할 일인 경금을 녹이려는데 시간(時干)의 을이 합해 없어졌다.

5. 무(戊)토 일간(日干)의 특성

무(戊)는 오행으로는 토(土)로 모든 오행을 수용 화해하려는 성향에 글자다. 하늘에서는 노을에 해당하며 지상에서는 산으로 비유한다. 무(戊)토의 임무는 갑(甲)목을 심어서 태양으로 결실을 맺게 하는 것이다.

만물을 포용하는 덕이 있어서 모든 사람을 중개하고 화해시키려는 성정이 있고 의리와 무게가 있다. 평소에는 말이 없이 조용하다가도 화가 나면 무섭게 돌변하는 면이 있고 사람은 털털하고 중후한 면이 있다.

흉신(凶神)으로 변하면 무섭게 변해 주먹을 쓰고 깡패 기질이 나온다.

산 의미로 보면 산중에는 맹수가 많이 살고 서로 생존하기 위해 투쟁이 일어나 무(戊)토를 투쟁의 신으로 불리기도 한다. 산은 흔들리거나 무너지면 할 수 있는 일이 없어서 충(沖)을 꺼린다. 산이 충(沖)이 나서 무너지면 사람은 안정감이 없고 항상 불안하고 이루어지는 일이 없다.

팔괘로는 감(坎)괘에 해당하고 정지 및 축적의 신으로 불린다. 중개, 화해, 연결해줌, 어깨, 손바닥, 겨드랑이, 농장, 학교, 운동장, 운동기구, 주먹, 과묵한 성정이 있다.

직업으로는 부동산 중개업, 분식점, 스포츠인, 토건업, 권투선수, 군인, 산림업, 농업, 브로커 등에 알맞다.

무(戊)토는 갑(甲)목을 키워서 부자를 이루고 을(乙)목은 꽃에 해당하여 사치와 낭비를 하는 면이 있어 결국에는 어렵게 되나 근검절약하면 먹고는 산다.

산에는 나무가 없으면 광산이 되기도 하는데 목화(木火)가 없는 무(戊)토가 경(庚)금이나 신(辛)금이 있으면 광산이 되는 것으로 돈이 되기도 한다.

5.1 인묘(寅卯)월 무(戊)토 일간(日干)

봄철 무(戊)토는 봄 동산에 해당한다. 만물이 소생하는 계절에 산에는 갑(甲)목과 을(乙) 꽃이 만발하면 좋다. 나무가 잘 자라기 위해서 태양이 있으면 산의 임무를 다하는 환경이다. 태어나면서 부자요, 희망과 포부가 있는 삶을 영위한다.

지지(地支)에서 나무를 잘 자라게 하기 위해 진(辰)토가 있으면 좋고 없으면 자(子)수, 미(未)토가 있어도 길하다. 축(丑)토와 술(戌)토는 안정이 안 되고 산이 흔들리는 위험이 있어 항상 불안하다.

산에 토(土)가 많은데 나무가 없는 명(命)은 넓은 땅에 심을 것이 없는 것으로 열심히 노력하고 배우러 다니지만 실제 얻는 것은 없고 이루어지는 것이 없다.

반대로 나무가 많고 토(土)가 없는 명(命)은 욕심이 많고 혼자 더 많이 얻으려 하는 마음이 강해 남에게 피해를 끼친다.

인(寅)월의 무(戊)토는 나무와 태양이 있으면 부(富)와 명예가 있는 조건이나 오(午)화와 술(戌)토가 있어서 불이 나면 중도에 일을 망치는 경우가 많고 재물이 타 버린다.

용신(用神)으로는 태양이 먼저이고 그다음이 진(辰)토가 길하여 화(火), 토(土)를 사용한다.

辛 戊 壬 壬
酉 子 寅 寅 (乾)

대운(大運)

戊 丁 丙 乙 甲 癸
申 未 午 巳 辰 卯

① 인(寅)월 무(戊)토는 봄 동산에 해당한다.

② 봄 동산에 인(寅)목이 둘이나 있어 먹을 것이 있다.

③ 시간(時干) 신(辛)금은 임(壬)수로 깨끗이 씻기어 외부에서 일자리에 해당
한다.

④ 봄 동산에는 태양이 우선이라. 인(寅) 중 병(丙)화를 용신(用神)으로 한다.

⑤ 남자 명(命)으로 화자목처(火子木妻)에 해당한다. 일지(日支)와 월지(月支)
사이에 축(丑)토가 있어 용신(用神)을 상(傷)하게 하는 것이 흠이다.

⑥ 갑진 대운(大運)이 길하고 공부 잘한다.

⑦ 을사(乙巳) 대운(大運)에 무(戊)토는 을(乙)목을 싫어하는데 신(辛)금이 해결
하니 넘어가고 사(巳)운은 유(酉)와 축(丑)에 합하여 금(金)으로 변하나 무
(戊)토에게 사(巳)화는 길한 글자이다.

⑧ 병오(丙午) 대운(大運)은 용신(用神)으로 운이 왕(旺) 하여 길하나 용신(用神)
이 와서 시간(時干)의 신(辛)금과 합하니 직장에서 문제가 있을 수 있으
나 공무원이나 교육자이면 무난하다.

⑨ 화자목처(火子木妻)로 용신(用神) 병(丙)화가 시간(時干)의 신(辛)금과 합하니
남자 자식이 없다.

5.2 진사(辰巳)월 무(戊)토 일간(日干)

진(辰)월 무(戊)토는 나무를 더 많이 심어야 한다. 나무가 있으면 용신(用神)으로 사용하고 태양과 물이 적절하게 있으면 부(富)와 명예가 있는 명(命)이다.

나무가 잘 자라야 하는데 금(金) 기운이 천간(天干)이나 지지(地支)에 있으면 나무가 상(傷)해 잘 자랄 수 없다.

사(巳)월 무(戊)토는 록(綠)왕 절에 해당하여 나무가 우선이다. 진(辰)토가 있으면 좋고 물 기운이 적절하게 같이 있어야 좋다.

나무가 있어야 좋지만, 없을 경우는 경(庚)금이 있어 광산 금을 이루면 군 계통, 스포츠 분야에 두각을 나타낸다.

광산 금을 이루는 경우는 먹을 것은 넉넉하고 부자가 되는데 남녀 모두 배우자 궁이 산란하여 배다른 자식이나 두 번 결혼하는 경우가 많다.

용신(用神)으로는 목(木), 수(水), 화(火), 금(金)을 사용한다.

癸 戊 辛 庚
亥 戌 巳 戌 (坤)

대운(大運)
丙 丁 戊 己 庚
子 丑 寅 卯 辰

① 여자 명(命)으로 사(巳)월 더운 여름 산이다.
② 지지(地支)가 너무 더워 년간(年干)에 경(庚)금을 용신(用神)으로 한다.

③ 무인(戊寅) 대운(大運)은 인술(寅戌) 합으로 남자를 사귄다.

④ 정축(丁丑) 대운(大運)은 금(金)이 왕(旺)한 대운(大運)으로 남자가 많이 들어오나

⑤ 일지(日支) 술(戌) 토는 용신(用神)을 생(生)해 주지 못해 남편 덕이 없다.

⑥ 용신(用神)이 극(克)을 맞고 고장(庫藏) 들어가니 배우자를 바꾼다.

⑦ 무(戊)토 일주는 나무를 수용해야 하는 의무가 있어 해묘미(亥卯未) 합으로

⑧ 목(木)이 왕 해지는 운에서 남자가 다시 들어온다.

⑨ 용신(用神)이 술(戌)토 위 비겁 위에 있으니 첩지명(妾之命)이다.

⑩ 경(庚)금과 신(辛)금을 용신(用神)으로 하니 끼가 다분하다.

5.3 오미(午未)월 무(戊)토 일간(日干)

여름철 무(戊)토는 강해서 활력이 넘치고 제철에 태어났다. 어디를 가더라도 환영을 받고 자신감이 있다. 항상 막중한 임무가 주어지며, 해결하는 능력자다.

갑(甲)목과 태양이 있고 지지(地支)에 물 기운이 있으면 부자가 되고 귀하며 평생 즐거움이 있다.

남자 명(命)은 아내 덕이 있고 여자 명(命)은 남편과 자식 덕이 있어 행복한 삶을 누린다. 여름철이라 물 기운은 반드시 있어야 조열하지 않고 생물이 살 수 있는 환경이 된다.

더운 여름철이라 물 기운이 없이 조열하면 승도지명이 많고 거지나 정신병 질환을 겪는다. 물이 없다고 천간(天干)에서 계(癸)수가 나오면 무계(戊癸) 합되어 물을 혼자 마시려는 형상으로 욕심이 많고 도둑 기질이 있다. 본분을

망각하고 나무를 키울 마음이 없어 일을 성사하지 못한다.

　미(未)월의 산은 지지(地支)에 술(戌)토, 축(丑)토가 있으면 형살(刑殺)에 해당하여 배합이 불가하고 고집이 있고 요령 없어 감옥에 가는 경우가 있다.

　용신(用神)으로는 수(水), 금(金), 목(木)을 사용한다.

乙 戊 甲 丙

卯 申 午 寅 (坤)

대운(大運)

戊 己 庚 辛 壬 癸

子 丑 寅 卯 辰 巳

① 여자 명(命)으로 한여름 산에 꽃과 나무가 길하다.

② 지지(地支)에서 물기가 있으면 좋겠지만 물이 없어 갈구하는 환경이다.

③ 신(申) 중 임(壬)수로 용신(用神)을 삼고 천간(天干)의 병(丙)화를 차용(次用)
　한다.

④ 시지(時支)와 일지(日支)에서 묘신(卯申) 합을 하고 있으니 남편이 바람피
　운다.

⑤ 용신(用神) 합으로 본인도 바람을 피울 수 있으나 하지 않으려 한다.

⑥ 년간(年干)에 병(丙)화를 사용하기에 그렇다. 정(正) 용신(用神)에 해당하면
　정당하지 않은 일을 하지 않는다.

⑦ 신묘(辛卯) 대운(大運)에 합이 들어오니 결혼을 한다.

⑧ 결혼이 길과 흉은 결혼하는 운 글자가 길인지 흉인지에 따른다.

⑨ 따라서 묘신(卯申) 합이 흉하기에 결혼 생활이 편안하지 못하다.

⑩ 묘(卯)를 쳐서 합이 깨지는 운에 길한 환경이 된다.

5.4 신유(申酉)월 무(戊)토 일간(日干)

가을철 무(戊)토는 결실의 계절에 나무가 태양과 지지(地支)에 진(辰)토가 있으면 봄여름에 농사를 지은 결실을 보게 된다. 태어날 때부터 부유하고 한평생 한가롭게 먹고산다.

가을 산은 광산 금을 이루지 못하며 생목(生木)과 사목(死木)을 구분하여 간명(看命)을 해야 한다.

결실을 보려면 태양이 필수이며, 열매를 더 확보하기 위해 갑(甲), 을(乙)목을 차용(次用)으로 사용한다. 무(戊)토는 태양과 나무가 없이 경(庚), 신(辛)금이 있고 정(丁)화가 있으면 귀(貴)가 있는데 부자는 되지 못하고 학자, 선비에 해당된다.

용신(用神)으로는 병(丙), 갑(甲), 을(乙), 오(午)화순으로 사용한다.

丙 戊 丙 丙

辰 寅 申 戌 (乾)

대운(大運)

癸 壬 辛 庚 己 戊 丁

卯 寅 丑 子 亥 戌 酉

① 가을철 무(戊)토는 가을 산이다.

② 가을 산에 태양이 완연하게 비추는 형상이다.

③ 태양이 있는 가을 산에 지지(地支)에서 나무와 진(辰)토가 있고 금(金)이 있으나 균형을 이루었다.

④ 산은 태양이 좋으니 병(丙)화가 용신(用神)이다.

⑤ 화자목처(火子木妻)에 해당하는데 일지(日支)에 목처(木妻)가 앉아 부부 덕이 좋다.

⑥ 무술 대운(大運)은 용신(用神)이 고장(庫藏)이요, 무(戊)토가 고장(庫藏)인데 일간(日干)을 가지고 왔으니 넘어간다.

⑦ 기해, 경자 대운(大運)은 그런대로 일을 하며 사는데 영화는 없다.

⑧ 신축 대운(大運)은 용신(用神)이 합하여 나를 추락시키니 고난이 온다.

⑨ 임인 대운(大運)은 나의 영광이 오고 세상이 나를 부른다.

⑩ 계묘 대운(大運)은 용신(用神)이 흉한데 내가 몸을 던져 잡으니 나의 실체는 없다.

5.5 술해(戌亥)월 무(戊)토 일간(日干)

술(戌)월은 토(土) 계절이기는 하지만 병(丙)화가 설기(洩氣)되며 고장(庫藏)에 해당되니, 나무를 먼저 사용하고, 병(丙)화를 그 다음으로 사용한다.

지지(地支)에 인(寅)목이 있어 술(戌)월에 타 버리면 재산이 탕진되며 매사 일이 어그러진다. 할 일 없이 돌아다니는 신세, 나그네 같은 삶을 산다. 술(戌)월은 지지(地支)에 인묘진(寅卯辰) 글자가 없는 것이 좋다.

해(亥)월의 산은 씨앗을 보유하고 있는 계절이다. 병(丙)화를 선용(先用)하고

갑(甲)목을 사용하는데 나무가 너무 많으면 토(土)가 유지하기 어려우니 진(辰)
토가 있어야 부(富)를 이룰 수 있다.

　해(亥)는 묘(卯)나 미(未)를 만나면 목(木)으로 화(化)하는 인자를 보유한 글자
이다. 따라서 충분한 토양을 보유해야 길하다.

　토(土) 없이 나무만 무성하면 금(金) 기운으로 쳐 주어야 한다.

　용신(用神)으로는 목(木), 화(火)를 사용한다.

甲 戊 甲 己
寅 午 戌 酉 (坤)

대운(大運)
庚 己 戊 丁 丙 乙
辰 卯 寅 丑 子 亥

① 술(戌)월의 무(戊)토는 가을 산에 해당하는데

② 시간(時干)의 갑(甲)과 월간(月干)의 갑(甲)은 열매를 맺은 나무다.

③ 월간(月干)의 갑(甲)은 갑기(甲己) 합이 되어 시간(時干)의 갑(甲)목을 용신(用
　神)으로 한다.

④ 여자 명(命)에 해당하는데 월지(月支) 술(戌)토위의 갑(甲)목도 용신(用神)이
　니 술(戌)토는 나와 비견으로

⑤ 비겁 위의 용신(用神)을 보유한 명(命)은 유부남을 사귀거나 남의 남자를
　만난다.

⑥ 시지(時支)의 인(寅)목도 용신(用神)인데 인오술(寅午戌) 합으로 타 버리니

목(木) 역할을 못한다.

⑦ 인오술(寅午戌) 합으로 타는 것은 일지(日支)궁이 타는 것이라 남편이 힘
이 없다. 흉하다.

⑧ 해자축(亥子丑) 운은 더운 화국(火局)을 시원하게 하니 살 만하였다.

⑨ 인(寅) 대운(大運)은 용신(用神)이 왔다고 하나 지지(地支) 합을 이루어 불을
더 내니 결혼 생활이 고달프다.

5.6 자축(子丑)월 무(戊)토 일간(日干)

겨울의 무(戊)토는 춥고 얼음이 있는 눈 덮인 산에 해당한다. 태양보다는
정(丁)화가 더 쓰임이 있으며, 지지(地支)에 오(午), 술(戌), 미(未) 중 한 글자가 있
어 온기를 보존해야 길하다.

자(子)월은 냉해, 냉동 상태가 될 수 있어 화(火)가 필요하다.

신자진(申子辰) 물 기운이 왕(旺) 한 구조이면 무(戊)토를 용신(用神)으로 사용
한다. 그다음에 나무와 태양을 써야 먹고살아 갈 수 있다.

축(丑)월은 토(土)의 계절이어서 나무와 태양이 있으면 좋은 시절이 온다.
태양이 없으면 무용지물이며 지지(地支)에 삼형살의 구조를 만나면 배양의
덕을 갖추지 못한다.

용신(用神)으로는 목(木), 화(火), 토(土)를 사용한다.

癸 戊 甲 戊
丑 辰 子 申 (坤)

대운(大運)

戊 己 庚 辛 壬 癸

午 未 申 酉 戌 亥

① 자(子)월 무(戊)토는 겨울 산으로 시간(時干)의 계(癸)수가 눈(雪)으로 비유한다.

② 월간(月干) 갑(甲)은 큰 나무, 재물에 해당한다.

③ 추운 겨울에 의지할 불씨가 없으니

④ 눈 내리는 겨울에 천막이라도 쳐야 살 수 있으니 무(戊)토로 용신(用神)을 잡는다.

⑤ 월간(月干)의 갑(甲)목으로 무(戊)토 용신(用神)을 치니 아버지 덕은 없고

⑥ 용신(用神)이 극(克)을 맞으니 첫사랑은 실패다.

⑦ 임술(壬戌) 대운(大運)에 술(戌)토는 따뜻한 토(土)로 살 만한 환경이 오니

⑧ 세상이 나를 부른다. 용신(用神)이 뜨는 무진(戊辰)에 연예계 데뷔하여 인기를 누린다.

⑨ 여자 명(命)으로 일지(日支)가 나의 용신(用神) 글자이나 추운 겨울에 물기 있는 진(辰)토라

⑩ 남편 덕이 없구나. 지지(地支) 용신(用神) 글자인 진(辰)토가 오는 경진(庚辰)년에 결혼한다.

⑪ 용신(用神)이 합 되고 미(未)토가 진(辰)토를 치는 해인 계미(癸未)가 오니 힘들고 이별한다.

⑫ 일간(日干)이 합을 이룰 때 사람은 정신이 힘들고 우울증을 경험하게 되는데

⑬ 원국에서 시간(時干)과 합인 일간(日干)이라 세운에서 합이 올 때 더욱 힘
  이 든다.

5.7 무(戊)토 일간(日干)에 다른 글자가 온 의미

① 甲 戊 丙 : 무(戊)토 일간(日干)에 나무와 태양이 있다. 길한 구조다.

② 甲 戊 癸 : 무(戊)토 일간(日干)에 나무가 있는데 계(癸)수와 합을 했다. 추
  운 계절에 좀 낫다.

③ 乙 戊 乙 : 무(戊)토 일간(日干)에 꽃으로 가득하다. 본인은 정작 피곤하다.

④ 甲 戊 庚 : 무(戊)토 일간(日干)에 잘 키워야 하는 나무를 도끼가 내리친다.

⑤ 乙 戊 辛 : 무(戊)토 일간(日干)에 시간(時干)의 꽃을 낫으로 내리친다.

⑥ 乙 戊 丁 : 무(戊)토 일간(日干)에 정(丁)화 불과 을(木)목 땔감이 있다. 가을
  겨울철에 길하다.

⑦ 庚 戊 丁 : 무(戊)토 일간(日干)에 시간(時干)의 경(庚)금을 정(丁)화가 해결하
  였다. 길하다.

⑧ 己 戊 己 : 무(戊)토 일간(日干)이 양옆으로 무너져 내려 민둥산이 된 것

이다.

⑨ 壬 戊 壬 : 무(戊)토 일간(日干)이 바다 한가운데 떠 있는 섬과 같다.

⑩ 癸 戊 癸 : 무(戊)토 일간(日干)이 비가 내리는 산에 해당한다.

6. 기(己)토 일간(日干)의 특성

기(己)토는 평지, 밭에 해당하며 구름, 도로, 운동장, 먼지, 논 등에 비유한다. 임무는 밭에 나무나 곡식을 심어 태양으로 양육하는 것이다. 도로 길거리에 해당하여 사교성이 강하고 남과 교제하는 데 있어서 그 역할이 뛰어나다.

자기주장을 확고하게 표현하기보다 남의 눈치를 보고 그에 맞추어 응대하는 경향이 있어서 오해를 사기도 한다.

기록할 기(記)에 연관되어 기록하기를 좋아하고 변화가 많다.

흉신(凶神) 성정이 되면 간사하게 모사를 잘하는 성정이다. 갑(甲)목을 좋아하고 을(乙)목을 좋아하지 않는다. 나를 치는 을(乙)목을 싫어한다.

을(乙)목은 꽃에 해당하여 기(己)토 일간(日干)에 나오면 길거리 꽃으로 사치를 하고 낭비를 하며 사교에 있어서도 문란하게 하는 경우가 많다.

기(己)토의 특성은 밭에 해당하여 갈아엎어 주면 길해서 충(沖)을 기뻐한다. 원국에서 충(沖)이 된 명(命)은 영리하고 명석한 두뇌의 소유자다.

천간(天干) 글자 중에 임(壬)수가 오는 것을 가장 꺼리는데 임(壬)수가 오면 밭에 바닷물이 들어온 것으로 흉하고 탁수(濁水)가 되어 모든 작물을 망하게 한다.

팔괘로는 리(離)화괘에 해당하며, 직업으로는 인쇄소, 대서소, 문방구, 서류 관련 일, 외교관, 복덕방, 하숙집, 농업, 중개사, 서비스업 등에 알맞다.

6.1 인묘(寅卯)월 기(己)토 일간(日干)

봄철 기(己)토는 밭을 갈아엎어 씨를 뿌리고 작물을 심어야 하는 시기이다. 따라서 갑(甲)목과 태양이 있어야 한다. 지지(地支)에는 땅의 근원인 진(辰)토가 있으면 열매를 맺고 수확할 수 있는 환경이 되어 길한 명(命)이 된다.

기본 임무가 나무를 기르는 것이므로 경신(庚辛) 금(金) 기운이 있으면 농사를 망치고 우박 서리가 내린 것이므로 흉하다.

갑(甲)목은 일거리이니 나무만 있으면 할 일은 많다. 병(丙)화만 있고 나무가 없으면 사람은 할 일 없이 놀지만 부자이다.

남자 명(命)이 화(火)를 용신(用神)으로 할 때, 화자목처(火子木妻)에 해당하여 부부 간의 불화가 있다. 나의 일간(日干) 기(己)토와 목(木)처가 상극하는 연유이다.

용신(用神)으로는 화(火), 목(木), 토(土)를 사용한다.

甲 己 壬 壬
戌 丑 寅 辰 (乾)

대운(大運)
戊 丁 丙 乙 甲 癸
申 未 午 巳 辰 卯

① 인(寅)월의 기(己)토는 봄에 밭이다.
② 월간(月干) 년간(年干)의 임(壬)수는 바닷물로 흉인데
③ 시간(時干) 갑(甲)목이 합하여 탁수(濁水)를 피하였다.

④ 초봄이라 태양이 필요한데 인(寅) 중 병(丙)화가 용신(用神)이다.

⑤ 진(辰) 대운(大運)은 원국에 축(丑)이 용신(用神)을 치는데 황토가 왔다고 나간다.

⑥ 을사 대운(大運)은 을(乙)은 임(壬)수에게 할 일을 준 거라 길하다.

⑦ 병오 대운(大運)은 오(午)화가 길인데 축(丑)토에 고장(庫藏)이라 흉하고 술(戌)토에 꺼지니 사업하려다 망한다.

⑧ 용신(用神) 병(丙)화가 와서 무엇인가 하려고 하나 용신(用神) 뿌리가 죽어서 흉이다.

⑨ 정미 대운(大運)은 일지 충(沖)으로 이혼 가능성 있으나 흉신(凶神) 임(壬)수를 합해서 삶은 안정된다.

⑩ 사(巳) 대운(大運)에 사유축(巳酉丑) 합으로 용신(用神)이 깨져서 흉할 듯하나, 원국에 진(辰)토가 있어서 길하다.

癸己丁己
酉亥卯酉 (坤)

대운(大運)

癸壬辛庚己戊
酉申未午巳辰

① 묘(卯)월 밭에 해당되는데 월간(月干)에 정(丁)화는 불이라

② 그 불을 끄는 시간(時干)의 계(癸)수는 약신(藥神)이다.

③ 아직 봄밭이라 더 키워야 할 토가 필요하니 술(戌)토가 용신(用神)이다.

④ 신미(辛未) 대운(大運)은 목(木)으로 변해 술(戌)토를 치니 배우자가 힘들어 가출을 반복한다.

⑤ 무(戊)토가 오면 무계(戊癸) 합으로 변해 용신(用神)이 왔다고 무엇을 하다가 부도난다.

⑥ 임신(壬申) 대운(大運)에 흉신(凶神) 정(丁)화를 합해 흉신(凶神)을 제거하여 좋을 듯하나

⑦ 정작 약신(藥神)이 할 일이 없어져서 되는 일이 없고 균형을 이루던 기(己)토가 치니 흉하다.

⑧ 년간(年干) 기(己)토는 월간(月干) 정(丁)화가 생해 주는 것이라 계(癸)수를 치면 정(丁)화가 계(癸)수에 맞는 구조로 인질극 형상이다.

6.2 진사(辰巳)월 기(己)토 일간(日干)

진사(辰巳)월 기(己)토도 나무를 더 심어야 하는 계절이다. 목(木)을 우선 사용하고 화(火) 태양이 있으면 좋다. 너무 더우면 지지(地支)에서 수(水)를 사용하기도 한다.

기(己)토 일간(日干)은 지지(地支)에 묘(卯)와 미(未)가 있으면 좋은데 기미(己未) 일주가 더 길하다. 미(未)토는 추위가 와도 견디고 금(金)도 어느 정도 제어가 가능한 토(土)이다.

사(巳)월의 기(己)토는 천간(天干)에 나무와 태양이 있고 지지(地支)에 물 기운이 있으면 길한 명(命)이다. 지지(地支)에서는 금(金) 기운이 없어야 길한데 사(巳) 중에 금(金) 기운이 있어 강하게 작용한다.

지지(地支)에서 금(金) 기운과 목(木) 기운이 상호 화해를 이루는 구조이면

활인지명(活人之命)의 삶이요, 외교관 직업이면 길하다.

　용신(用神)으로는 목(木), 화(火), 금(金)을 사용한다.

己 己 癸 丙

巳 亥 巳 申 (坤)

대운(大運)

戊 己 庚 辛 壬

子 丑 寅 卯 辰

① 사(巳)월 기(己)토 봄에 밭이다.

② 월간(月干) 계(癸)수가 병(丙)화를 막으니 흉하다.

③ 밭은 더 있으면 좋으니 시간(時干) 기(己)토는 월간(月干) 계(癸)수를 극(克)
　해 주는 약신(藥神)이다.

④ 기(己)토 밭은 나무를 심으려 하니 목(木)이 그리운데 해(亥) 중 갑(甲)목이
　유일하구나.

⑤ 나무가 우선이나 약하고 나를 합하니 더운데 물이라도 사용하자.

⑥ 신(申)중 임(壬)수가 있으니 용신(用神)으로 쓰는데 임(壬)수가 천간(天干)에
　있을 때는 사용 불가다.

⑦ 경인 대운(大運)은 목(木)이 왕 하여 길하다.

⑧ 기축 대운(大運)은 금과 목이 싸움이 일어나 흉하고 이혼수가 있다.

⑨ 무자 대운(大運)은 흉신(凶神) 계(癸)수를 제거하여 길하고

⑩ 수부토자(水夫土子)로 일지(日支)에 해(亥)수가 앉아 충(沖) 하니 남자와 해

로는 어렵다.

6.3 오미(午未)월 기(己)토 일간(日干)

여름철 기(己)토는 활기가 있고 나무나 열매들이 많이 크는 시기이다. 나무와 태양, 물 기운이 적절하게 갖추어진 환경이면 길하다.

더운 여름철이라 지지(地支)에 물 기운이 반드시 필요하며, 천간(天干)에 임(壬) 계(癸)수는 정(丁)화를 끌 때만 사용한다.

나무 없이 금(金)만 있어도 먹고 사는 명(命)이 되며 산이 개념과 달리 기(己)토는 충(沖) 되어도 길하다.

지지(地支)에서 해(亥)수를 사용하는 경우 씨앗을 사용하는 연고로 탁수(濁水) 되는 경우가 많아 하는 일이 잘 안 된다.

오(午)월의 기(己)토는 더워도 태양이 있어야 길하며, 태양이 없으면 작물이 발육이 안 되어 잘 자라지 못한다. 따라서 학생은 공부가 잘 안 된다.

더운 여름철에 경신(庚辛)금이 있고 임(壬)수가 나오면 일을 하려고 돌아다니기는 하나 결실은 없고 고생만 한다.

지지(地支)에서 임(壬)수를 사용하는 경우에는 사람이 근면 성실하고 계(癸)수를 사용하면 하늘의 도움을 받아 먹고사는 데 여유롭다.

용신(用神)으로는 화(火), 수(水), 금(金)을 사용한다.

己 己 己 壬

巳 巳 未 寅 (坤)

대운(大運)

癸 甲 乙 丙 丁 戊

丑 寅 卯 辰 巳 午

① 여름 밭에 해당하는데 지지(地支)가 더워 생리통을 겪는다.

② 용신(用神)으로는 인(寅)목을 사용하고 지지(地支)가 더워 열이 나고 아프다.

③ 병진(丙辰) 을묘(乙卯) 대운(大運)은 그런대로 시원한 대운(大運)이라 살 만 하다가

④ 갑인(甲寅) 대운(大運)은 지지(地支)가 타고 몸이 더 아프고 정신병을 앓는다.

⑤ 지지(地支)가 더운데 갑인(甲寅) 대운(大運)이 오면 머리 아프고 신 내리는 병을 겪는다.

⑥ 계축(癸丑) 대운(大運)은 시원한 운이 오니 환경이 좋아지고 돈도 번다.

⑦ 기(己)토가 밭이라 많으면 좋은데 년간(年干) 임(壬)수를 탁수(濁水)하는 기(己)토라 형제 덕은 없다.

⑧ 기(己)토 형제자매가 비견으로 탁수(濁水)시키는 연유다.

⑨ 목(木) 용신(用神)으로 일지(日支)가 금(金) 운이 오면 홀로 살아야 한다.

⑩ 더워서 화류계 사업을 하지만 인(寅)목을 사용하니 자존심은 세운다.

6.4 신유(申酉)월 기(己)토 일간(日干)

가을철 기(己)토는 수확의 계절이라 나무와 태양이 구비되고 지지(地支)에서 물 기운이 있는 명(命)은 의식이 넉넉하고 부자가 되는 명(命)이다.

가을철에 결실을 맺고 수확을 잘해야 하는데 많은 곡식을 누군가가 가져

가지 않을까? 눈, 서리에 냉해를 입지는 않을까? 걱정이 많아 의심하는 성정이 있어 부부간에 의처(疑妻), 의부(疑夫)증이 있다.

가을철의 나무를 용신(用神)으로 할 때는 생목(生木)과 사목(死木)을 가려서 사용하고 목(木)의 근지(根支)가 상(傷)해서는 안 된다. 적절하게 화(火) 기운으로 제어해야 삶이 편안하다.

가을철의 물 기운이 왕(旺) 하여 제어하지 못하면 남녀 모두 삶이 고단하고 여자 명(命)은 과부가 많다.

용신(用神)으로는 화(火), 목(木), 토(土)순으로 사용한다.

庚 己 乙 乙

午 酉 酉 亥 (坤)

대운(大運)

庚 辛 壬 癸 甲

辰 巳 午 未 申

① 유(酉)월의 기(己)토는 가을밭에 해당한다.

② 기(己)토에 을(乙)목은 흉이나 월간(月干) 년간(年干)의 을(乙)목이 경(庚)금을 잡고 흉을 피했다.

③ 흉한 글자가 시간(時干)의 경(庚)금 흉한 바위를 잡으니 부덕(父德)이 없다고 말 못 한다.

④ 가을밭이라, 나무로 열매를 거두는데 월지(月支) 일지(日支)가 금(金)이라 오(午)화로 제어하고 추위도 피하니 용신(用神)이다.

⑤ 공협에 술(戌)토가 있어 역시 길한 글자로 금(金)을 제어했다.

⑥ 여자 명(命)으로 화부수자(火夫水子)에 해당하여 일지(日支)에 금(金)이 앉아 남자가 들어오기 쉽지 않다.

⑦ 초년 갑신 대운(大運)은 길하여 똑똑하다는 소리 듣고 공부도 잘했다.

⑧ 계미 대운(大運)은 내가 능히 쳐 주어 무난하고 미(未)토도 나쁘지 않으니 그런대로 지낸다.

⑨ 임오 대운(大運)은 임(壬)수가 내게는 탁수(濁水) 되는 글자라 별로이다.

⑩ 오(午)화 대운(大運)에는 내가 하는 일이 생기고 그 일이 이루어진다.

6.5 술해(戌亥)월 기(己)토 일간(日干)

늦가을의 기(己)토는 토(土)가 왕(旺) 한 계절이기는 하나 나무와 태양이 실기하고 휴수 되는 계절이다. 천간(天干)의 나무를 선용(先用)하고 태양을 차용(次用) 하는데 지지(地支)에서 화(火) 기운이 너무 강하면 물 기운으로 보좌하면 좋다.

나무를 용신(用神)으로 사용하면 목자수처(木子水妻)에 해당하여 수처(水妻)를 내가 극(克) 하는 연유로 처(妻)가 병고로 힘들다.

조열하여 물 기운을 더욱 갈구하면 여러 명의 아내를 두려고 한다.

해(亥)월 기(己)토는 완전한 얼음덩이 토(土)는 아니므로 병(丙)화 태양을 사용하고 나무가 나오면 먹고사는 데 지장이 없다. 지지(地支)에서는 토(土) 기운이 필요하며 해(亥)수 글자가 나무로 변화하는 인자를 갖고 있어서 여자는 남자를 바꾸고 남자는 이복 자식이 있을 가능성이 많다.

용신(用神)으로는 화(火), 목(木), 토(土)순으로 사용한다.

丙 己 己 丙

寅 卯 亥 申 (乾)

대운(大運)

乙 甲 癸 壬 辛 庚

巳 辰 卯 寅 丑 子

① 해(亥)월 추운 겨울에 밭이다.

② 시간(時干)과 월간(月干)에 태양이 비추니 봄여름에 길하리라.

③ 지지(地支)에서는 인(寅)목과 묘(卯)목으로 먹을 것이 많구나.

④ 남자 명(命)으로 태양을 용신(用神)으로 하고 운로가 봄여름으로 가니 평생 길하구나.

⑤ 20대 신축 대운(大運)에 용신(用神)을 합하여 별로이나 곧 봄이 오는 운이다.

⑥ 화자목처(火子木妻)로 일지(日支)에 목처(木妻)가 앉으니 길하다. 아내 덕이 있다.

⑦ 용신(用神)이 나 일간(日干)을 생(生)하는데 두 군데에서 생(生) 하니 먹을 것이 많고 교육자가 길하다.

⑧ 시간(時干)에서 용신(用神)을 쓰니 자식이 길하게 성장하고 좋다.

⑨ 년간(年干)에서도 용신(用神)을 사용하니 조상 덕이리라.

⑩ 용신(用神) 태양을 극(克) 하는 계(癸)수가 와도 내가 막을 능력이 있으니 해결하리라.

6.6 자축(子丑)월 기(己)토 일간(日干)

겨울철 기(己)토는 땅이 얼음덩이에 해당하니 농사를 지을 수가 없다. 따라서 화(火) 기운이 가장 필요하며 얼어붙은 땅을 녹여야 뭐든지 하게 된다.

천간(天干)이나 지지(地支)에서 정(丁)화가 나오면 안락하게 살아간다. 화(火)가 없으면 하는 일마다 실패하고 허송세월을 보내는 안타까운 삶이다.

나무와 태양이 있으면 추운 겨울을 지나서 봄여름으로 갈 때 발복(發福)을 기대하는 명(命)이다. 나무가 상(傷)하지 않으면 대체로 중년 이후에 잘사는 명(命)이다.

여자 명(命)인 경우, 정(丁)화를 용신(用神)으로 사용하는 경우에 과부가 많은데 그 이유는 태양을 먼저 사용해야 하는데 정(丁)화를 사용하기 때문이다.

지지(地支)에서 얼음덩이 토(土) 계절이라 화(火) 기운이 죽어서 남편이 없어지는 경우가 많다.

축(丑) 술(戌)토는 나무가 잘 크지 못하는 땅에 해당하는데 축(丑)토는 얼음덩이라 불을 끄는데 사용하고, 술(戌)토는 연탄재 파토에 해당한다.

축(丑)월에 천간(天干) 임(壬) 계(癸)수가 나와 제어하지 못하면 얼음덩이 산이요, 여름에 중병을 앓아 희귀병으로 고생한다.

용신(用神)으로는 화(火), 목(木), 토(土)를 사용한다.

甲 己 乙 戊
戌 未 丑 辰 (乾)

대운(大運)

壬 辛 庚 己 戊 丁 丙
申 未 午 巳 辰 卯 寅

① 축(丑)월 동토로 추운 겨울에 밭이다.

② 춥다고 하나 일지(日支)와 시지(時支)에서 따뜻한 글자가 있으니 걱정 없다.

③ 월간(月干) 을(乙)목은 나를 치는 듯이 보이나 시간(時干)의 갑(甲)목이 나
를 합해서 피했다.

④ 년간(年干)의 무(戊)토는 나의 비견으로 경쟁자이나 월간(月干) 을(乙)목이
쳐 주니 경쟁자를 물리치는 형상이다.

⑤ 기(己)토는 축미(丑未) 충(沖)이 반가운데 일지(日支) 월지(月支)에서 충(沖)이
나 갑기(甲己) 합으로 완전 충(沖)이라고 못 한다.

⑥ 시지(時支) 술(戌) 중 정(丁)화도 차용(次用)으로 사용하니 운에서 일지(日支)
와 합하여 술(戌)토를 치는 운에 흉하다.

⑦ 초년 인묘진 사오미 운이 길하게 가는 운이라 세상이 나를 반긴다.

⑧ 천간(天干)에서는 비견을 쳐 주는 을(乙)목 글자가 합하거나 극(克) 당하
는 운에서 내가 힘들다.

⑨ 한평생 길하게 가는 운이라 무엇을 해도 성공하리라.

⑩ 사람이 우둔하게 보일지 몰라도 내부는 완전히 장악한 명(命)이라 누구
도 대결하지 못한다.

6.7 기(己)토 일간(日干)에 다른 글자가 온 의미

① 甲 己 甲 : 기(己)토 일간(日干)에 통나무가 쓰러지다. 나에게 온 통나무에 해당한다.

② 甲 己 乙 : 기(己)토 일간(日干)이 을(乙)목에 맞는데 갑(甲)목이 잡은 것이다.

③ 乙 己 丙 : 기(己)토 일간(日干)에 시간(時干) 을(乙)목은 태양에 방글방글 자란다.

④ 乙 己 庚 : 기(己)토 일간(日干)에 시간(時干)의 꽃을 월간(月干) 바위가 눌렀다.

⑤ 辛 己 庚 : 기(己)토 일간(日干)에 바위 자갈이 가득하다.

⑥ 壬 己 壬 : 기(己)토 일간(日干)에 바닷물이 들어왔다.

⑦ 壬 己 癸 : 기(己)토 일간(日干)에 바닷물 빗물이 가득하다.

⑧ 庚 己 丙 : 기(己)토 일간(日干)에 태양이 바위를 내리쬔다.

⑨ 丁 己 丁 : 기(己)토 일간(日干) 밭에 불이 났다.

⑩ 丁 己 癸 : 기(己)토 일간(日干)에 시간(時干) 정(丁)화 불을 꺼 주는 위대한 아버지이다.

7. 경(庚)금 일간(日干)의 특성

경(庚)금은 무쇠, 돌, 바위에 비유한다. 경(庚)금의 임무는 용광로가 되어 기물을 만들어 내는 일이고, 물을 내어서 물이 필요한 이들에게 공급하여 주는 역할이다.

기물을 만들기 위해서는 땔감과 불이 있어야 하며, 바위에서 물이 흘러나오는 것을 상기하면 생수의 근원지임을 이해할 수 있다.

사람은 차고 냉하나 속정을 그리워하고 자신에게 좋은 말을 해 주면 좋아한다. 의리가 있고 단순 무식한 면이 있으나 성정은 순수하다.

팔괘로는 진(震)괘에 해당하며 하늘에서는 달에 비유하기도 한다. 성질이 강폭하고, 투쟁적이며 단단함을 가지고 있다.

직업으로는 무관, 군인, 운동가, 스포츠맨, 사법 관련 일에 종사하기 쉽다.

본인의 성정이 냉하므로 열을 흠모하여 불을 만나 변신한 뒤에 쓸모 있는 재목이 된다.

정(丁)화가 먼저 필요하며 땔감을 같이 보유해야 일을 하고 일에 대한 성과를 내는 구조가 된다.

용신(用神)으로는 화(火), 수(水), 목(木), 토(土)를 사용한다.

7.1 인묘(寅卯)월 경(庚)금 일간(日干)

봄철의 경(庚)금은 아직 어린 금(金)에 해당하여 우선 자라나야 한다. 따라서 병(丙)화를 사용한다. 그다음에 무(戊)토로 보좌하여 주는 구조이면 길하다.

봄철에는 나무가 자라는 계절이므로 지지(地支)에 금(金)이 있으면 나무를 상(傷)하게 하여 흉하다. 나의 땔감을 상(傷)하게 하면 일이 성사가 어렵다.

아직은 어린 금(金)이므로 정(丁)화가 나와 제련을 하면 어릴 때 부모의 덕을 보지 못해 고생하는 경우가 많다. 소년 소녀 가장이 되어 고생을 하나 갑(甲)목 땔감을 가지고 있으면 중년 이후에 부(富)를 이루며 산다.

봄철 경(庚)금은 사용할 용신(用神)이 많아 남자 명(命)은 배다른 자식이 있고 여자 명(命)은 한 남자로 해로하기 어렵다.

나무가 자라는 시절에 금(金)으로 태어나서 집안이 불우한 경우가 많으며 세상의 환대를 받지 못하고 커서 가슴에 한을 품고 사는 경우가 많다.

용신(用神)으로는 병(丙)화가 제일이고 무(戊)토 순으로 사용한다.

丙 庚 己 乙
戌 寅 卯 巳 (坤)

대운(大運)
乙 甲 癸 壬 辛 庚
酉 申 未 午 巳 辰

① 묘(卯)월의 경(庚)금은 어린 바위에 해당된다.
② 봄의 경(庚)금은 화토(火土)를 용신(用神)으로 사용하여 시간(時干)의 병(丙)
　　화가 반가운데
③ 지지(地支)의 인술(寅戌)로 불이 난 형상이라. 토(土)가 더 힘이 되겠다.
④ 월간(月干)의 기(己)토가 용신(用神)이고 공협의 진(辰)토가 용신(用神)이라.

⑤ 월간(月干)의 기(己)토는 본 남편인데 을(乙)목에 극(克)을 맞으니 풍류를 즐기는 남자로

⑥ 돈을 쓰고 안착을 못 하는 남자이고

⑦ 사(巳) 중의 무(戊)토는 역시 남자인데 사(巳)화는 가짜의 의미가 있으니 가짜 남자요

⑧ 공협의 진(辰)토는 좋은 남자이나 샛서방이다.

⑨ 인(寅) 중의 병(丙)화도 좋은 남자요 착한데 묘(卯)월의 병(丙)화는 바람피우는 남자이다.

7.2 진사(辰巳)월 경(庚)금 일간(日干)

진사(辰巳)월의 경(庚)금은 토왕절이라, 갑(甲)목을 선용(先用)하고 병(丙)화를 차용(次用) 한다. 나무 없이 태양이 있으면 사람은 우둔하고 미련하며 말이 흉하여 완둔한 자이다.

나무와 태양이 구비되어 있으면 부자의 명(命)이다. 경(庚) 금을 제어하기 위해 병(丙)화를 사용하면 완전한 기물을 만들기 보다는 반제품, 중간제품을 만드는 경우가 많다.

사(巳)월의 경(庚)금은 더우면 물을 사용한다. 임(壬)수를 사용하고 지지(地支)에 물 기운이 있으면 좋다.

더운데 물 기운이 없으면 토(土)를 사용하기도 하는데 무(戊)토는 사용하나 기(己)토는 사용하지 않는다. 기(己)토는 먼지에 해당하여 경(庚)금에 먼지를 묻히는 역할이어서 그렇다.

용신(用神)으로는 목(木), 수(水), 화(火)의 순으로 사용한다.

丁 庚 壬 辛

亥 申 辰 亥 (乾)

대운(大運)

丙 丁 戊 己 庚 辛

戌 亥 子 丑 寅 卯

① 남자 명(命)으로 진(辰)월의 경(庚)금 바위이다.

② 경(庚)금 바위가 시간(時干)에 정(丁)화 불이 있어 흉한 듯하나 월간(月干)
과 합하니 흉을 모면하였다.

③ 월간(月干) 임(壬)수는 시간(時干)의 흉을 제거하여 아버지 덕이 있다고 본다.

④ 경(庚)금은 본성이 물을 내거나 불을 사용하여 제련해야 하는데 진(辰)
월이라 해(亥) 중 갑(甲)목이 선용(先用)이다.

⑤ 목자수처(木子水妻)로 일지(日支)에 신(申)금이 앉아 처덕이 있다.

⑥ 20대 경인 대운(大運)이 길하여 직장 운이 좋다.

⑦ 30대 기축 대운(大運)은 일간(日干) 고장(庫藏)에 뿌리 신(申)금도 고장(庫藏)
이라 흉한데 흉신(凶神)도 고장(庫藏)이니 넘어간다.

⑧ 40대 무자, 50대 정해 대운(大運)은 그런대로 무난하여 직장에서 안정되
게 지나간다.

⑨ 비견 신(辛)금이 임(壬)수를 갖고 있어 친구나 대인 관계가 원만하다.

7.3 오미(午未)월 경(庚)금 일간(日干)

여름철 경(庚)금은 대낮에 달이 뜬 것으로 남에게 잘 보이지 않는다. 따라서 다른 사람에게 환대를 받지 못하고 더운 열기에 녹아 버릴 우려가 있어 물 기운이 우선 필요하다.

지지(地支)에서도 물 기운이 있어야 물이 근원이 되어 지속적으로 물을 대주는 역할이 된다. 계(癸)수를 사용하기도 하나 빗물이므로 천하고 하위 직급에 해당하는 일을 한다.

오(午)월 경(庚)금은 더운 여름철이라 경(庚)금이 녹을 가능성이 많다. 따라서 물을 긴요하게 사용하며 물이 없어 토(土)를 사용하면 의식은 해결하나 천한 명(命)을 살아간다.

미(未)월 경(庚)금은 나무로 소토하고 임(壬)수로 담금질하면 덕망가요, 교육자가 많다. 나무를 생육하는데 물을 가지고 있는 연유이다.

미(未)월에 더워서 계(癸)수를 사용하면 일은 하지 않고 놀고먹는 자이다. 여름철의 비는 저절로 내리는 비에 해당하여 우로수(雨露水)이다. 비 오는데 일할 것이 없다고 생각한다.

여름철의 경(庚)금도 용신(用神)이 많아 남자 명(命)은 이복자식이 있고 여자 명(命)은 다른 남자를 만난다.

용신(用神)으로는 수(水), 목(木), 토(土), 금(金)순으로 사용한다.

戊 庚 丙 壬

寅 申 午 午 (乾)

대운(大運)

壬 辛 庚 己 戊 丁

子 亥 戌 酉 申 未

① 여름 바위가 산, 태양, 물을 보고 있는데

② 여름이니 금(金)과 수(水)를 용신(用神)으로 한다.

③ 년간(年干) 임(壬)수를 용신(用神)으로 하니 수자금처(水子金妻)에 해당한다.

④ 일지(日支) 신(申)금이라 처덕이 있을 듯한데

⑤ 인(寅)과 오(午)화가 금(金)을 극(克) 하니 아내가 힘들다.

⑥ 여름 산은 금(金)을 생할 수가 없으니 용신(用神)으로 사용 불가하다.

⑦ 경술(庚戌) 대운(大運)은 전반부는 길하고 후반부는 흉한데

⑧ 신해(辛亥) 대운(大運)은 병신(丙辛) 합 수(水)로 변하여 길하고

⑨ 해(亥)수는 오월에 물로 보니 길하다.

辛 庚 己 戊

巳 子 未 戌 (坤)

대운(大運)

癸 甲 乙 丙 丁 戊

丑 寅 卯 辰 巳 午

① 미(未)월 더운 여름에 경(庚)금 바위이다.

② 여자 명(命)으로 지지(地支)가 더우니 고갈되어 고통이 심하다.

③ 바위가 물이 부족해서 더우니 더 갈구하는 심정이라.

④ 일지(日支) 자(子)수는 물방울로 미약하지만 용신(用神)으로 사용한다.

⑤ 병진(丙辰) 대운(大運)에 일지(日支) 합이 들어와서 결혼하고

⑥ 을묘(乙卯) 대운(大運)은 물기가 있는 묘(卯)목 운이라 그런대로 살 만하다가

⑦ 갑인(甲寅) 대운(大運)은 글자 자체는 좋은 글자이나 일지(日支) 자(子)수를 마르게 하는 글자라

⑧ 삶이 힘들고 부부 관계가 좋지 못하다.

⑨ 일지(日支) 자(子)수는 월지(月支) 미(未)와 시지(時支) 사(巳) 중 무(戊)에 극(克)을 당하니

⑩ 배우자가 힘들고 성관계가 어렵다.

⑪ 결국 자(子)수가 마르는 운에서 남편이 집을 나갔다.

7.4 신유(申酉)월 경(庚)금 일간(日干)

가을철 경(庚)금은 금(金) 기운이 왕(旺) 하여 나무와 정(丁)화가 있어서 기물을 만들면 인물이 훌륭하고 부귀(富貴) 명(命)이 된다.

나무와 불이 없이 천간(天干)에 임(壬)수가 나오면 물을 내는 금(金)이므로 귀한 명(命)은 아니나 부(富)를 이루고 산다.

토(土)가 많아 나무를 용신(用神)으로 할 때에도 생목(生木) 사목(死木)을 구분하지 않는다.

가을철에는 냉하고 단단하고 굳은 금(金)이므로 화(火)를 이용하여 성금(成金) 하는 것이 좋다. 따라서 나무와 불이 있어 제련이 잘되면 부귀(富貴)한 명(命)이다.

신(申)월 경(庚)금은 천간(天干)에 나무와 정(丁)화를 보면 부귀(富貴) 겸전이요, 지지(地支)에서 물 기운이 많아 임(壬)수가 천간(天干)에 나와도 역시 부자는된다.

유(酉)월에도 역시 신(申)월과 유사하나 신(申)월보다는 급이 낮다. 상인, 요식업, 생산업에 종사하는 경우가 많다.

용신(用神)으로는 화(火), 목(木), 수(水) 순으로 사용한다.

戊 庚 丁 辛
寅 戌 酉 卯 (乾)

대운(大運)
庚 辛 壬 癸 甲 乙 丙
寅 卯 辰 巳 午 未 申

① 유(酉)월 경(庚)금은 가을 바위에 비유한다.

② 월간(月干) 정(丁)화가 비견인 신(辛)금을 제어하고

③ 경(庚)금은 물이나 불을 사용하는데 정(丁)화를 용신(用神)으로 한다.

④ 시지(時支)의 인(寅)목이 길하고 년지(年支) 묘(卯)목도 길하다.

⑤ 화자목처(火子木妻)에 해당되며 남자 자식은 돈을 써야 하는데 용신이니 달라고 한다.

⑥ 여자 자식은 가을 정(丁)화가 용신(用神)이며 을(乙)목을 쓰니 과부에 해당한다.

⑦ 년간(年干) 신(辛)금은 정(丁)화가 극(克) 하긴 하나 월지(月支)의 유(酉)금에

서 올라온 신(辛)금이라 정(丁)화에게는 부담이 된다.

⑧ 사오미신(巳午未申) 대운(大運)은 길하고 임진 대운(大運)은 용신(用神) 합으로 흉하다.

⑨ 신묘(辛卯) 경인(庚寅) 대운(大運)은 편안하게 흘러가는 운이다.

7.5 술해(戌亥)월 경(庚)금 일간(日干)

술(戌)월 경(庚)금은 토(土)가 왕(旺)한 계절이므로 나무가 우선이요, 두 번째로 정(丁)화를 사용하면 부(富)와 귀(貴)를 누린다.

월지(月支)가 술(戌)월이기에 나무가 지지(地支)에 있어 불을 더 내는 구조이면 일시적으로 부귀(富貴)를 떨치나 삶은 고난이 있다.

지지(地支)에 불이 많아 천간(天干)에서 임(壬)수를 사용하면 다사다난하게 분주하고 활인지명(活人之命)의 삶을 사는데 여자 명(命)인 경우 개인의 영화는 없다.

무(戊)토와 기(己)토가 많아 물을 제어한 구조이면 개인이 할 일이 없이 완둔하고, 나태하나 의식은 있다.

어떤 일간(日干)이든지 자기 임무를 다 할 수 있는 명(命)이 고귀하고 위대하다.

해(亥)월의 경(庚)금은 겨울에 접어드는 시기로 차고 냉하나 아직 동빙한설(凍氷寒雪)은 아니다.

천간(天干)에 나무와 태양이 있으면 부자요, 정(丁)화가 있으면 귀(貴)한 명(命)이다. 지지(地支)에서 진(辰)토가 있어서 나무의 근지(根支)를 튼튼히 하면 크게 부자가 된다.

축(丑)토와 술(戌)토를 사용하는 구조이면 의식(衣食)은 있으나 이해성이 부족하고 옹고집이어서 남에게 원구를 사는 경우가 많다.

용신(用神)으로는 화(火), 목(木), 수(水)의 순으로 사용한다.

丙 庚 庚 丁
戌 戌 戌 未 (坤)

대운(大運)
丁 丙 乙 甲 癸 壬 辛
巳 辰 卯 寅 丑 子 亥

① 일간(日干) 경(庚)금은 바위에 해당하여 계절은 술(戌)월 늦가을이라.
② 늦가을 바위가 나란히 앉아 있는데 가을 태양이 내리쬐고
③ 년간(年干) 불 정(丁)화가 나를 단련하니 용신(用神)에 해당한다.
④ 오행으로 화(火)가 병정(丙丁)화로 있으니 정(丁)화는 나의 정부요, 병(丙)화는 나의 편부라.
⑤ 월간(月干) 경(庚)금은 나의 비견으로 다른 여인에 해당하니 그 여인이 내 남편과 있다.
⑥ 월지(月支)와 일지(日支)에 같은 술(戌)토가 앉았으니 여성으로 일부종사는 어렵다.
⑦ 지지(地支) 글자에 용신(用神)을 많이 보유하고 있으니 애인이 많다.
⑧ 여인은 일지(日支)가 남편 배우자 궁인데 배우자 궁에 술(戌)토는 용신(用神) 글자의 고장(庫藏)이라 덕이 없다.

⑨ 계축(癸丑) 대운(大運)은 계(癸)수와 정(丁)화가 충(沖) 나니 흉하나

⑩ 축(丑) 글자는 용신(用神) 정(丁)화의 고장(庫藏)인데, 축미(丑未) 충(沖)이 일어나 싸움에서 미(未)토가 승리하니

⑪ 크게 염려는 없으나 축미(丑未) 충으로 미(未) 중 정(丁)화가 튀어 오르니 새로운 애인을 만난다.

⑫ 그 애인은 세운 계(癸)수에 극(克)을 맞으니 헤어진다.

甲 庚 乙 己

申 申 亥 亥 (乾)

대운(大運)

己 庚 辛 壬 癸 甲

巳 午 未 申 酉 戌

① 해(亥)월 경(庚)금은 겨울 바위라.

② 겨울 바위가 을(乙)목 바람을 안고 누워서 사람은 착하다.

③ 겨울에는 화토(火土)를 용신(用神)으로 하는데 토(土)는 기(己)토가 보이니 용신(用神)이다.

④ 갑(甲)목을 합하는 기(己)토라 사용하지 못하나 멀리 있으니 무방하다.

⑤ 남자 명(命)이니 토자화처(土子火妻)에 해당하고 아내 글자가 신(申)금으로 덕이 없는 듯하나

⑥ 일지(日支)의 신(申)금은 월지(月支) 해(亥)수에 같이 빠져서 고통을 분담하고 동고동락하는 여인이다.

⑦ 어릴 적에 술(戌) 대운(大運)은 길한 글자라 집안 환경이 길하고 부모가 좋은 환경이다.

⑧ 계유 대운(大運)은 용신(用神) 기(己)토가 할 일이 생겨서 공부에 성과가 있다.

⑨ 임신(壬申) 대운(大運)은 임(壬)수가 기(己) 토와 탁수(濁水)되니 흉하고 정신이 나간다.

⑩ 정신이 나가면 남이 이해하지 못하는 행동을 하는데 좋은 직장을 그만두었다.

⑪ 신미(辛未) 대운(大運)에 천간(天干) 신(辛)금은 용신(用神) 기(己)토를 설기(洩氣)하니 힘이 없고

⑫ 미(未)토는 해미(亥未) 합 목(木)으로 금(金) 극(克) 목(木) 하니 역시 흉하다. 되는 일이 없다.

7.6 자축(子丑)월 경(庚)금 일간(日干)

겨울철 경(庚)금은 금(金)이 매우 왕(旺) 한 계절이다. 일반적으로 금생수(金生水) 되어 약하다고 판단하는 경우가 있으나 이는 잘못된 이론이다.

정(丁)화가 있어 금(金)을 제련하고 기물을 만드는 구조이면 귀한 명(命)이다. 땔감이 있어야 길하고 무(戊)토 산이 있어 바람을 막아 주는 구조이면 영화가 오래간다.

겨울에 태어난 사람이 금생수(金生水)가 되는 구조이면 남녀 간에 배우자궁(宮)이 불안하고 건강과 재물이 부족하다.

자(子)월 경(庚)금은 동빙한설(凍氷寒雪)에 해당하여 무(戊)토가 있어 냉(冷)을 막

아 주고 바람을 막아 주어야 산다. 이러한 구조에 갑(甲)목과 정(丁)화가 있으면 사오미(巳午未) 운이 올 때 발양되어 중년 이후에 발복(發福)하는 명(命)이다.

축(丑)월 경(庚)금은 얼음덩어리 땅이다. 축(丑)토는 경(庚)금이 고장(庫藏)이므로 가정에 부끄러운 일이 있고 하는 일에 손해가 많다.

나무가 있고 태양이 있으면 그럴듯한데 축(丑)월에 태양은 힘이 없어 어릴 적에 빈곤하다. 축(丑)월의 임(壬)수와 계(癸)수가 나오면 금생수(金生水) 되어 길하다고 판단하지 말아야 한다. 매우 어렵고 천한 명(命)이다.

용신(用神)으로는 토(土), 화(火), 목(木)순으로 사용한다.

己 庚 庚 辛

卯 戌 子 卯 (坤)

대운(大運)

乙 甲 癸 壬 辛

巳 辰 卯 寅 丑

① 자월 경(庚)금으로 겨울 바위에 해당한다.

② 추운 겨울이니 따뜻한 술(戌)토가 반갑다.

③ 일지(日支)에서 술(戌)토를 용신(用神)으로 하니 배우자 덕이 지중하다.

④ 인(寅) 대운(大運)에 용신(用神)이 합하고 일지(日支)가 합하는 운에 결혼한다.

⑤ 시지(時支)의 묘(卯)목은 술(戌)토를 치는 흉신(凶神)으로 계묘 대운(大運)은 더 치니 힘들다.

⑥ 갑진 대운(大運)은 갑(甲)목이 시간(時干)에 합하고 지지(地支)에서 흉신(凶

神) 자(子)수가 입고(入庫)하면서 부동산으로 득재 한다.

⑦ 사(巳) 대운(大運)은 자기 역할이 없으나 토 용신(用神)자에게는 길하게 작용한다.

⑧ 시간(時干)의 기(己)토는 일간(日干) 경(庚)금을 먼지 묻게 하는 글자이니 흉인데 을(乙)목이 쳐 주니 길하다.

7.7 경(庚)금 일간(日干)에 다른 글자가 온 의미

① 甲 庚 丙 : 경(庚)금 일간(日干)이 태양과 땔감을 갖고 있다.

② 乙 庚 丙 : 경(庚)금 일간(日干)이 태양에 잘 자라는 을(乙)목을 합했다.

③ 丁 庚 丁 : 경(庚)금 일간(日干)이 양옆의 정(丁)화에 녹고 있다.

④ 戊 庚 丙 : 경(庚)금 일간(日干)이 산에 태양이 비추고 있다.

⑤ 己 庚 己 : 경(庚)금 일간(日干)이 먼지가 자욱하다.

⑥ 壬 庚 壬 : 경(庚)금 일간(日干)이 물에 떠 있다.

⑦ 戊 庚 壬 : 경(庚)금 일간(日干)에 무(戊)토가 임(壬)수를 제어했다.

⑧ 癸 庚 癸 : 경(庚)금 일간(日干)이 비에 젖고 있다.

⑨ 甲 庚 丁 : 경(庚)금 일간(日干)이 일거리와 능력을 갖고 있다.

⑩ 辛 庚 丁 : 경(庚)금 일간(日干)이 보석을 녹이고 치고 있다.

8. 신(辛)금 일간(日干)의 특성

신(辛)금은 경(庚)금을 갈아 다듬어 완성된 보석에 해당한다. 임무는 보석과 같이 언제나 밝게 빛나서 사람들에게 기쁨을 주기 위해 깨끗한 물로 닦아 빛을 내는 데 있다.

물을 좋아해서 냉정하고 따뜻한 것을 싫어해 정(情)이 없다. 지혜롭고 여자와 관련된 일에 연루되는 일이 많고 자신이 최고라고 생각해서 스스로 자부심을 가지고 있다.

재물에 관심이 많고 이해타산에 밝으나 자신에게 주어진 일은 분명하게 하고 공(共)과 사(事)를 구분하며 성격이 예민한 면이 있다.

불을 싫어하기에 사람 자체가 차고 냉정하게 보이고 개인주의적인 면이 있어서 교제에 문제가 있을 수 있으며 이기적이고 자만심이 강하다.

팔괘로는 손(巽)괘에 해당하며 서리, 가공된 것, 완성품, 도사, 전문가, 정밀기계, 시계, 보석, 다이아몬드, 컵, 병, 수석, 유리 조각에 해당하는 의미를 갖는다.

직업으로는 전문가, 물장사, 치과의사, 보석상, 금은방, 은행원 등에 알맞다.

정(丁)화를 제일 싫어하는데 천간(天干)에서 나오면 성질이 흉하고 질병이 있고 엉뚱한 일을 벌이고 뒷수습을 하지 못한다.

임(壬)수를 용신(用神)으로 하며 갑(甲)목도 사용하면 부(富)와 귀(貴)를 같이 한다.

8.1 인묘(寅卯)월 신(辛)금 일간(日干)

봄철 신(辛)금은 아직 어린 금(金)으로 보석이라 하나 더 커야 하는 의미가 있다. 따라서 병(丙)화를 사용한다.

보석 가공에 있어서 아직 미완성의 보석이라 보고 마무리한다고 생각하면 이해가 될 것이다.

천간(天干)에서 태양을 사용하면 자기를 합(合)하여 흉하니 지지(地支)에서 나옴이 좋고 자신의 노력으로 성공을 거두는 명(命)이 된다.

나무가 자라는 시절에 금(金)으로 탄생하여 시절을 배반하였기에 어릴 때부터 부모의 속을 썩이고 골목대장 노릇을 하거나 일찍 성 경험을 하게 된다.

임(壬)수가 나오면 아직 어린 봄에 사용하지 못하여 일에 성숙이 없으나 중년 이후에 발복(發福)을 이룬다. 다만 용신(用神)이 여러 개 사용하면 남녀 간에 복잡한 관계가 많고 어려운 일을 겪는다.

인(寅)월의 신(辛)금은 병(丙)화를 가지고 있는 계절에 태어나니 임(壬)수가 없어도 지지(地支)에 무(戊)토, 천간(天干)에 갑(甲) 목이면 부자가 된다. 편안히 먹고 사는 명(命)이다.

토(土) 용신(用神)자는 부자요, 임(壬)수 용신(用神)자는 귀명(貴命)이 된다. 남자가 토(土) 용신(用神)이면 토자화처(土子火妻)에 해당하여 자식이 부지런하고 아내는 화사하며 명랑하다.

천간(天干)에 무기(戊己)토가 많아 토(土)를 사용하면 부자 가문에서 태어났으나 할 일이 없이 허송세월하는 자이다. 이때 나무로 토(土)를 제어하면 재물이 크게 번성하여 부자가 된다. 남에게 욕을 먹는 것은 용신(用神)을 극(克)한 연유이다.

묘(卯)월 신(辛)금은 습하고 냉(冷)하여 신(辛)금의 살아가는 힘이 없으니 천간(天干)에서 태양, 지지(地支)에서 무(戊)토를 보면 편안하게 산다. 목(木)국이면 지지(地支)에서 진(辰)토, 천간(天干)에 무기(戊己) 토 중에 한 글자가 있어야 부자가 된다.

천간(天干)에서 정(丁)화가 나와 습하고 냉함을 해결해 준다고 생각할지 모르나 정(丁)화는 신(辛)금에게 최고 흉이다. 성정이 흉폭하고 자신과 남을 망치는 삶이다.

용신(用神)으로는 토(土), 화(火), 수(水) 순으로 사용한다.

己 辛 己 乙
亥 巳 卯 酉 (坤)

대운(大運)
乙 甲 癸 壬 辛 庚
酉 申 未 午 巳 辰

① 묘(卯)월 신(辛)금으로 하루로 보면 아침의 보석이다.
② 아직 어린 보석이라 더 커야 하고 다듬어야 하는데
③ 성숙되지 않는 상태에서 일찍 바람이 난다.
④ 시간(時干) 기(己)토와 월간(月干)의 기(己)토가 나를 빛나게 해 주는 용신(用神)인데
⑤ 월간(月干) 기(己)토는 년간(年干)의 을(乙)목에 맞아 흉하다.
⑥ 용신(用神)이 극(克)을 맞아 남자관계가 흉하게 되는데

⑦ 년지(年支) 유(酉)금은 나의 뿌리라, 비견에 해당하는데

⑧ 비견 위의 을(乙)목이 기(己)토를 치는 형상이다.

⑨ 형제 오빠에게 성폭행당하고 남편 노릇을 하는 상황이다.

⑩ 인묘(卯)월의 신(辛)금은 어린 금이 성숙되기 전에 쓰여지는 것이라, 일찍 일자리, 도둑질, 화류계로 나갈 수 있다.

8.2 진사(辰巳)월 신(辛)금 일간(日干)

진(辰)월의 신(辛)금은 불과 토가 점점 안정이 되어 가는 시기이다. 따라서 물 기운과 나무가 있으면 부귀(富貴)가 있다. 지지(地支)에서 물 기운이 너무 왕(旺) 하면 무(戊)토가 천간(天干)에 나와야 부(富)와 덕(德)을 같이 한다.

임(壬)수와 갑(甲)목이 있는데 계(癸)수가 같이 있으면 부자는 되나 천하게 산다고 말을 듣는다.

진술(辰戌) 충(沖)이 되는 구조이면 천간(天干)에 임(壬)수가 있어도 부자는 되나 성정이 난폭하고 심성이 불손하여 집안이 편안하지 못하다.

진(辰)월생이 나무와 물이 있으면 부러울 것이 없는 삶을 거저 얻은 것이다.

사(巳)월의 신(辛)금은 무(戊)토와 병(丙)화가 록(祿) 기운이 되는 운으로 조열하면 임(壬)수와 나무를 사용하고 사(巳)중에 무(戊)토가 있어 소토되고 임(壬)수를 사용하면 부(富)와 귀(貴)를 같이 한다.

용신(用神)으로는 목(木), 수(水)를 사용한다.

庚 辛 庚 庚

寅 卯 辰 辰 (乾)

대운(大運)

乙 甲 癸 壬 辛

酉 申 未 午 巳

① 아침에 보석이 빛나는데

② 주변에 친구 형제들이 많다.

③ 친구 형제들은 나를 겁탈하려는 흉신(凶神)들이요

④ 그 흉신(凶神)을 물리치는 글자가 용신(用神)이 되는데

⑤ 진(辰)월에는 나무가 우선이니 묘(卯)목을 선용(先用)하여 흉신(凶神) 경(庚)
　 금을 제거하고

⑥ 인(寅) 중 병(丙)화는 차용(次用)을 함이 옳다.

⑦ 어릴 적 계미(癸未) 대운(大運)은 용신(用神)이 고장(庫藏)이라 어려운 환경
　 이고

⑧ 을유(乙酉) 대운(大運)의 을(乙)목은 경(庚)금과 합하여 신(辛)금이 되니

⑨ 본명(命)은 건(乾) 명(命)으로 경(庚)금 비견은 여동생에 해당하여

⑩ 여동생 돈을 내 돈같이 사용한다. 경(庚)금으로 갑(甲) 을(乙)목을 깨는
　 운에서 남의 돈을 가로채니 도둑놈 소리를 듣는다.

8.3 오미(午未)월 신(辛)금 일간(日干)

여름철 신(辛)금은 불 기운이 왕(旺) 하여 보석이 녹을 우려가 있다. 따라서
임(壬)수를 우선 사용하고 지지(地支)에서 물의 근원이 되는 뿌리가 있어 지속
적으로 생(生)해 주어야 한다.

지지(地支)에서 수국을 이루어 임(壬)수의 근원이 되면 활인지명(活人之命)으로 교육자, 의사, 덕망가가 된다.

임(壬)수가 없으면 계(癸)수도 사용하나 임(壬)수보다는 천하거나 등급이 낮다.

물 기운이 없어 토(土)를 사용하기도 하는데 이때는 기(己)토를 사용한다. 무(戊)토는 금(金)을 묻히는 기운이 있어 가졌던 부(富)와 명예를 모두 잃어버리는 경우가 있다.

오(午)월 신(辛)금은 화(火)가 득록(得祿)하여 신(辛)금이 위험하니 임(壬)수가 있고 지지(地支)에서 물 기운이 있어야 편안하다. 물이 끊임없이 나오는 구조이어야 길하다.

지지(地支)에서 자오(子午) 충(沖)을 이루어 물이 증발되는 구조이면 천간(天干)에 임(壬)수만으로는 부족하여 영광을 일시에 잃고 세상을 등지는 경우가 있다.

미(未)월의 신(辛) 금은 목(木)이 고장(庫藏)에 들어가는 계절이다. 아직은 더운 토(土)가 남아 있어 역시 물 기운이 필요하다. 천간(天干)에 임(壬)수와 갑(甲)목이 있고 지지(地支)에서 물의 뿌리가 있으면 부(富)와 귀(貴)를 겸비한다.

용신(用神)으로는 수(水), 목(木), 금(金)순으로 사용한다.

戊 辛 庚 己

戊 卯 午 卯 (坤)

대운(大運)

乙 甲 癸 壬 辛

亥 戌 酉 申 未

① 여자 명(命)으로 오(午)월의 보석이다.

② 보석은 물이 필요로 하는데 없으니 토금(土金)을 사용한다.

③ 여자는 용신(用神)이 남편인데 토금(土金)이 많으므로 남편도 많다.

④ 임신(壬申) 대운(大運)에 결혼하여 계유(癸酉) 대운(大運)까지 금실 좋게 살
   다가

⑤ 갑술(甲戌) 대운(大運)에 일지(日支)의 묘(卯)가 고장(庫藏)이 되니 남편이 사
   망한다.

⑥ 을해(乙亥) 대운(大運)은 을(乙)목이 무(戊)토를 극(克) 하고 경(庚)금을 합해
   남편 없이 산다.

⑦ 직업은 인수 용신(用神)으로 선생이다.

⑧ 묘(卯)에 신(辛)금이 앉아 물이 반짝반짝 빛이 나면 돈놀이를 하는데

⑨ 무(戊), 편 남편을 내가 갖고, 기(己), 본 남편을 경(庚)금이 가졌으니

⑩ 토부목자(土夫木子)에 해당하여 남편 덕은 없다.

壬 辛 丁 丁

辰 丑 未 亥 (乾)

대운(大運)

壬 癸 甲 乙 丙

寅 卯 辰 巳 午

① 미(未)월 여름 보석이 빛나는데 월간(月干) 년간(年干) 정(丁)화가 흉신(凶神)
   인데

② 그 흉신(凶神)을 가장 좋은 임(壬)수로 잡으니 아버지 자리 정(丁)화는 부
   자(父子) 갈등이요

③ 년간(年干)의 정(丁)화는 조상을 극(克) 해 흉이고

④ 정임(丁壬) 합으로 당뇨와 신장이 좋지 않고

⑤ 지지(地支)의 축미(丑未) 충은 어머니와 아내 자리라, 고부 갈등이 심하고

⑥ 미(未)토가 축(丑)토를 이기니 아버지와 아내와는 사이가 좋으나 어머니
   가 말썽이라

⑦ 모든 것은 어머니가 결정을 하니 아내가 더욱 힘들다.

⑧ 아버지 정(丁)화는 미(未)토에 뿌리가 있으니 장수하고

⑨ 임인(壬寅) 대운(大運)에 용신(用神) 임(壬)이 왔으니 무엇인가 해 보려고 하
   는데

⑩ 원국에서 합이 되어서 일이 성사가 어렵다.

8.4 신유(申酉)월 신(辛)금 일간(日干)

가을철의 신(辛)금은 차고 냉하고 단단함은 경(庚)금과 유사하나 경(庚)금과
달리 병(丙)화, 정(丁)화를 싫어한다.

신(辛)금은 보석으로 완성된 금(金)으로 임(壬)수로 귀(貴)를 갖추고 나무로 부(富)를 갖추면 상급의 명(命)이다.

가을철에는 지지(地支)에 화(火) 기운이 있어 금(金) 기운을 제어해야 길하다고 했으나 신(辛)금은 그렇지 않다. 나무를 길러야 할 의무도 없고 생목(生木)과 사목(死木)을 구분하지도 않는다.

임(壬)수를 사용할 때도 천간(天干)에 화(火) 기운이 있어 온수(溫水)의 형태를 이루면 금(金)과 물이 생기를 갖추는 환경이라 길하다.

물과 불을 상반되게 사용하여 남자 명(命)은 아내 자리가 불안하다. 여자 명(命)은 남자와 자식이 이중으로 있는 경우가 발생함은 용신(用神)이 여러 개이며 서로 음양이 다르게 사용하는 연유이다.

신(申)월은 금(金)이 완성되는 시기이니 상해를 자주 입을 수 있다. 을(乙)목을 만나면 미적 감각이 없고 갑(甲)목도 뿌리가 상해 흉하다.

임(壬)수를 사용할 때 남자 명(命)은 수자금처(水子金妻)에 해당하여 아내의 성정이 물을 내는 금(金)처라 강폭하다.

유(酉)월의 신(辛)금은 병(丙)화와 갑(甲)목을 사용하지 못하고 오로지 임(壬)수를 사용하는데 유(酉)금은 임(壬)수의 욕(辱)지에 해당하여 부자는 되어도 남에게 부끄러운 바가 있다.

경(庚)금이 있거나 지지(地支)에 신(申)금이 있어 임(壬)수의 뿌리가 되어 물을 내는데 도움이 되면 여자 명(命)은 재가하여 더욱 귀한 명(命)이 되고 남자 명(命)은 직업을 바꾸어 부(富)와 귀(貴)를 누릴 수 있다. 신(辛)금이 비견에서 지원을 받는 구조이기 때문이다.

월지(月支) 유(酉)금이 지지(地支)에서 불에 극(克) 받으면 내 몸의 뿌리가 파상되니 난폭한 성정과 병고가 있다.

용신(用神)으로는 수(水), 목(木), 화(火)순으로 사용한다.

戊 辛 辛 戊

戊 丑 酉 戌 (坤)

대운(大運)

丙 丁 戊 己 庚

辰 巳 午 未 申

① 여자 명(命)으로 유(酉)월의 신(辛)금은 가을철의 보석이다.

② 시간(時干)에 무(戊)토가 있고 월간(月干)에 비견 신(辛)금, 년간(年干)에 역시 무(戊)토 산이 있어 흙 속의 진주에 해당한다.

③ 산속에 진주가 묻혀 있다.

④ 지지(地支)에서도 신(辛)금의 뿌리가 있어 강한데 술(戌)토가 제어하고 있어 먹고산다.

⑤ 진주는 물로 씻어야 빛나서 축(丑) 중 계(癸)수가 용신(用神)이다.

⑥ 운로가 사오미로 흘러 답답하고 더워서 보석의 진가를 발휘하기 어렵다.

⑦ 여자 명(命)이 일지(日支)에서 용신(用神)을 사용하니 남편 덕이 있다고 보는데

⑧ 용신(用神) 계(癸)수가 운에서 오더라도 무(戊)토가 합하니 별로다.

⑨ 병진 대운(大運)은 술(戌)토가 진(辰)토와 충(沖)을 이루어 시원하게 느낀다.

⑩ 진술 충(沖)으로 외부가 길하고 좋아 보여서 나가는데 남자도 외부에서 만난다.

8.5 술해(戌亥)월 신(辛)금 일간(日干)

술(戌)월 신(辛)금은 토(土)가 왕(旺) 한 계절이라 임(壬)수가 있어도 천간(天干)에서 나무를 봐야 부(富)와 귀(貴)가 있다. 을(乙)목이 있을 때는 예술 방면에서 두각을 내고 그렇지 못하면 상업에 종사한다.

토(土)가 나와서 물을 제어하면 평생 할 일 없이 먹고사는 명(命)이며, 지지(地支)에서 화(火)국을 이루면 가정사로 인해 배우자와 불화가 심하다.

해(亥)월 신(辛)금은 임(壬)수를 사용하지 못한다. 해(亥)는 오줌 물에 해당하여 임(壬)수의 욕(辱)지에 해당하는 연유이다.

계(癸)수가 나올 때는 길가에 얼어붙은 보석에 해당하여 남자 명(命)은 실업자, 술 잘 먹고, 체면 없는 행동을 한다. 태양과 무(戊)토, 갑(甲)목, 지지(地支)에서 정(丁)화가 길하게 작용한다.

병(丙)화가 있고 임(壬)수가 없으면 작은 부자는 되나 귀(貴)는 없다. 학문도 성공 못 하고 지혜도 없다.

용신(用神)으로는 목(木), 토(土), 수(水)순으로 사용한다.

癸 辛 甲 甲
巳 未 戌 戌 (坤)

대운(大運)
己 庚 辛 壬 癸
巳 午 未 申 酉

① 술(戌)월 가을철의 신(辛)금 보석이라

② 가을철의 보석이나 물을 필요로 하지만 열매가 우선이라

③ 월간(月干) 갑(甲)목이 좋아 용신(用神)으로 한다.

④ 시간(時干) 계(癸)수는 나의 성정을 깨끗이 하고자 하는 것이라 깔끔 떤다.

⑤ 보석은 물에 씻기어야 제 기능을 발휘하는데 지지(地支)가 더우니 속이
   탄다.

⑥ 일지(日支)의 미(未)토가 용신(用神) 고장(庫藏)에 해당하는 글자이니 남편
   덕이 없다.

⑦ 임신 대운(大運)이 와서 물이 오나 계(癸)수가 구정물에 더한 거라.

⑧ 신미 대운(大運)이 오면 갑(甲)목 용신(用神) 고장(庫藏)을 가져오는 운이라
   남자로 인해 고생을 하고

⑨ 운로가 사오미(巳午未)로 가서 원국이 더우니 어찌 지나갈꼬.

⑩ 가을 보석이 물을 제대로 보지 못하고 열매도 제대로 따먹지 못하니
   삶이 어렵다.

8.6 자축(子丑)월 신(辛)금 일간(日干)

겨울철 신(辛)금은 휴식기이다. 임(壬)수를 사용하지 않고 화(火)와 토(土)를
우선 사용한다. 지지(地支)에서는 화(火)를 사용할 수 있으나 신(辛)금의 뿌리가
없는 것이 좋다.

지지(地支)에서 화(火)가 너무 많으면 천간(天干)에서 임(壬)수를 사용할 수 있
다. 따뜻한 불로 보석을 씻는 격으로 길하게 작용한다.

자(子)월의 신(辛)금은 병(丙)화와 무(戊)토를 사용한다. 지지(地支)에서 화(火)

의 기운이 있으면 어릴 때부터 평안하고 부유하게 자란다.

신(辛)금의 뿌리가 상(傷)하지 않아야 한다. 뿌리가 있어 상(傷)하게 되면 해당하는 육친과 불화가 있고 화합이 잘 안 된다.

축(丑)월의 신(辛)금은 냉함이 강하고 추위가 심하니 임(壬)수와 나무 태양이 있어야 한다. 임(壬)수 갑(甲)목 병(丙)화 중 한 글자라도 있으면 작은 부자는 된다.

임(壬)수와 갑(甲)목이 있고 태양이 없으면 어릴 때는 어려운 환경이나 중년 이후에 발복(發福)한다. 남자 명(命)은 목자수처(木子水妻)에 해당하여 수처(水妻)인 아내가 고생한다.

무(戊)토와 기(己)토가 많고 나무가 없으면 임(壬)수가 있어도 질병이 있고 하는 일마다 고생하고 결실이 없다.

용신(用神)으로는 토(土), 목(木), 화(火) 등을 사용한다.

乙 辛 辛 丙
未 未 丑 子 (坤)

대운(大運)
乙 丙 丁 戊 己
未 申 酉 戌 亥

① 추운 겨울의 신(辛)금인데 보석이 나란히 반짝인다.
② 시간(時干) 지지(地支)의 미(未)토가 추운 겨울을 이겨 내는 힘이 된다.
③ 토(土) 왕절에는 목(木)을 선용(先用)하는데 시간(時干) 을(乙)목이 용신(用神)

이다.

④ 여자 명(命)으로 목부금자(木夫金子)에 해당하여 일지(日支)의 미(未) 중 을 (乙)목을 보유하고 있어 남편 덕이 있다고 본다.

⑤ 월지(月支)의 축(丑)토와 일지(日支)의 미(未) 중 을(乙)목이 상호 싸움을 하기에 부부 불화가 있다.

⑥ 무술 대운(大運)은 용신(用神) 고장(庫藏) 운으로 흉하고

⑦ 정유 대운(大運)은 정(丁)화가 신(辛)금을 치니 흉한데 원국에서 병신(丙辛) 합으로 모면한다.

⑧ 목(木) 용신(用神)에 금(金) 대운(大運)은 흉한데 일지(日支), 시지(時支)의 미 (未)토가 유(酉)금을 제어하니 보통 운이다.

⑨ 병신 대운(大運)은 역시 신(辛)금으로 금(金) 대운(大運)인데 미(未)토가 완전히 금(金)을 해결하지 못해 흉이다.

⑩ 을미 대운(大運)은 세상이 나를 반기는 운이다.

8.7 신(辛)금 일간(日干)에 다른 글자가 온 의미

① 甲 辛 乙 : 신(辛)금 일간(日干)에 열매가 있다.

② 丙 辛 丁 : 신(辛)금 일간(日干)이 흉 정(丁)화를 피해 병(丙)과 합했다.

③ 丁 辛 丁 : 신(辛)금 일간(日干)이 흉 정(丁)화에 파극당한다.

④ 戊 辛 戊 : 신(辛)금 일간(日干)이 산에 매금(埋金) 되었다.

⑤ 己 辛 己 : 신(辛)금 일간(日干)이 모래로 씻어 빛낸다.

⑥ 壬 辛 丁 : 신(辛)금 일간(日干)에 흉 정(丁)화를 위대한 임(壬)수로 합했다.

⑦ 壬 辛 丙 : 신(辛)금 일간(日干)이 길한 임(壬)수를 놔두고 태양과 합했다.

⑧ 癸 辛 丁 : 신(辛)금 일간(日干)이 흉 정(丁)화를 계(癸)수로 극(克) 한다.

⑨ 壬 辛 壬 : 신(辛)금 일간(日干)이 임(壬)수로 깨끗이 씻기고 있다.

⑩ 壬 辛 癸 : 신(辛)금 일간(日干)이 깨끗한 물과 빗물이 함께 있다.

9. 임(壬)수 일간(日干)의 특성

임(壬)수는 깨끗한 물, 바닷물, 호수의 물, 약수터 물, 이슬에 비유한다. 그임무는 나무를 태양으로 결실시키는 것이다.

커다란 물에 해당하여 경(庚)금이 나오면 자기 마음대로 흘러가는 성향이 있으며 차고 냉정한 성정을 지닌다.

물은 나무를 보면 위로 타고 올라가려고 해서 냉하고 태양을 갈구한다. 나무를 양육시키면 부(富)가 자연히 하늘에서 내려온다.

물이 너무 많으면 무(戊)토로 제어하고 나무를 태양으로 키우는 구조이면 부(富)와 귀(貴)를 겸비한 명(命)이다.

무(戊)토를 보면 정지하여 머물고 제방을 쌓아 전답에 이로운 역할을 한다. 정(丁)화를 보면 합 되어 물이 끓어 넘치고 본분을 망각하여 갑(甲)목을 기르지 않는다.

임(壬)수는 기(己)토를 싫어하는데 밭에 바닷물이 들어온 것처럼 물을 탁수(濁水)시켜 모든 작물을 망친다.

팔괘로는 리(離)화 괘에 해당하며 유랑자, 하향성, 무법자, 슬픔, 싸움, 도적, 강도, 깡패, 창녀, 방광, 종아리, 선박, 호수, 해변가 의미를 가진다.

직업으로는 물장사, 해운업, 선박업, 요식업, 목욕탕, 무역업, 중개업, 의사, 약사, 중환자 담당, 농업 선생님 등에 알맞다.

9.1 인묘(寅卯)월 임(壬)수 일간(日干)

봄철 임(壬)수는 만물이 자랄 때 물로 태어나서 환영을 받고 기대를 받는다. 나무와 태양이 있으면서 지지(地支)에 진(辰)토가 있으면 태어날 때부터 부유한 가정이요, 평생 자신의 희망을 펼치면서 살아간다.

화단에 물을 주는 역할이며 여러 곳에서 쓸모 있어서 부르는 곳이 많다.

을(乙)목이 천간(天干)에 나오면 여자와 관련된 일을 한다. 여자 명(命)은 남자를 탐하여 자신을 망치는 경우가 많다.

인(寅)월의 임(壬)수는 태양과 나무가 있어도 지지(地支)에서 금(金) 기운이 있으면 나무를 상(傷)하게 한다. 일을 망쳐 버리는 경우가 많다. 공부도 안 하고 상처가 많고 안일주의자이다.

지지(地支)에서 화(火) 기운이 있어 금(金) 기운을 제어하면 적절하게 구제가 된다.

묘(卯)월 임(壬)수는 목(木)이 왕(旺) 한 계절이라 임(壬)수가 약하다고 볼 수 있으나 묘(卯)월은 과한(過寒) 과습(過濕) 한 성정이 있으니 신약(身弱)으로 보지 않는다.

천간(天干)에서 나무와 태양이 있고 진(辰)토가 있는데 술(戌) 토가 와서 진술(辰戌) 충(沖)을 이루면 과욕으로 인한 사고가 많다. 교통사고 병고 등의 위험이 있다.

용신(用神)으로는 화(火), 토(土)를 사용한다.

甲 壬 庚 丙

辰 子 寅 申 (乾)

대운(大運)

丙 乙 甲 癸 壬 辛

申 未 午 巳 辰 卯

① 인(寅)월의 경(庚)금 바위에 임(壬)수는 개울물이다.

② 바위를 누르는 병(丙)화는 용신(用神)이 되고

③ 시간(時干) 갑(甲)목은 나무라 초봄에 나무를 키워야 하는 재물에 해당하여 희신이라.

④ 시지(時支) 진(辰)토는 갑(甲)목을 뿌리내리게 하는 황토로 역시 용신(用神)이다.

⑤ 월간(月干) 경(庚)금은 시간(時干)의 갑(甲)목을 극(克) 하니 갑(甲)목이 외부에 있고 경(庚)금이 내부에 있는 구조라,

⑥ 밖으로 나가면 돈을 쓰는 성향이다.

⑦ 인(寅)월에는 자연의 이치로 보면 물이 많이 필요하지 않아 임(壬)수의 성질은 자상한 맛이 없다. 성질 성향이 좋다고 남들이 생각하지 않는다.

⑧ 천간(天干) 임(壬)수와 갑(甲)목 병(丙)화는 모두 좋은 글자에 해당하니 보기가 좋고 인물이 좋다.

⑨ 지지(地支)는 실제 현실의 환경이라, 년지(年支)와 월지(月支)가 상충하니 실속이 없고 집안에 있으면 답답하고 울화통이 있다.

⑩ 남자 명(命)으로 화자목처(火子木妻)에 해당하는데 목처에 해당하는 인(寅)목이 신(申)금에 충(沖) 되니 아내의 글자 충(沖)이라 운에서 흉하게 될 때 여자가 바람피운다.

⑪ 임진(壬辰) 대운(大運)에는 용신(用神) 병(丙)화가 임(壬)수를 보고 일주도 임

(壬)수라 해외로 나간다.

⑫ 계축(癸丑) 대운(大運)에는 계(癸)수가 용신(用神)을 극(克) 하고 축(丑)이 인(寅)목을 또 치니 처의 글자에 해당하는 인(寅)목이 편안하지 못하다. 외부로 나간다.

9.2 진사(辰巳)월 임(壬)수 일간(日干)

진(辰)월 임(壬)수는 나무를 우선으로 사용한다. 태양이 있으면 부귀(富貴)를 겸한다.

토(土)가 왕(旺) 한 계절이므로 무(戊)토를 사용하지 않는다. 무(戊)토를 사용하면 너무 신중을 기하다가 일을 망치거나 기회를 놓치는 경우가 흔하다.

진(辰)토를 극(克) 하는 묘(卯)목이 있으면 할 일을 하지 않고 허세를 부리며 색정에 치중하여 일을 망친다.

사(巳)월의 임(壬)수는 나무가 있으면 좋고 지지(地支)에 물 기운이 적절하게 있으면 중년 이후에 부귀(富貴) 발복(發福)한다.

기(己)토가 나와서 갑(甲)목을 합하고 병(丙)화를 설기(洩氣)하면 일생 부끄러운 일이 있으니 흉하다.

용신(用神)으로는 목(木), 수(水), 화(火)를 사용한다.

戊 壬 丁 癸
申 寅 巳 卯 (乾)

대운(大運)

庚 辛 壬 癸 甲 乙 丙

戌 亥 子 丑 寅 卯 辰

① 여름 강물이 둑이 있고 월간(月干)의 정(丁)화와 합하여 흐르지 못한다.

② 일지(日支)의 인(寅) 글자를 시지(時支)의 신(申)과 월지(月支)의 사(巳)가 극(克) 한다.

③ 묘(卯)목을 용신(用神)으로 삼고 더우니 천간(天干)의 계(癸)수를 차용(次用) 한다.

④ 남자 명(命)으로 일지(日支)가 극(克)을 당하니 아내가 힘들고 금(金)이 강해지는 운에 사망할 수 있다.

⑤ 정임(丁壬) 합하고 있는데 무계(戊癸) 합하니 대화 도중에 아니오라고 부정을 하고

⑥ 흉신(凶神) 정(丁)화를 계(癸)수가 꺼 주니 좋은데 무(戊)토로 합을 하니 도와준 사람을 원망한다.

⑦ 시지(時支)와 일지(日支)가 충(沖)으로 더 악화되는 병신(丙申)년에 큰 사고를 당했다.

9.3 오미(午未)월 임(壬)수 일간(日干)

여름철 임(壬)수는 물이 필요한 시기이므로 어디를 가도 환영을 받고 중책을 맡는 경우가 많다.

지지(地支)에서는 물이 근원이 있어 물을 지속적으로 공급하는 구조이어

야 한다.

이런 환경에서 나무와 태양이 있으면 부귀(富貴)를 겸하게 되는 명(命)이다.

오(午)월 임(壬) 수는 화(火)와 토(土)가 조열하니 임(壬)수 임무가 막중하다. 지지(地支)가 습해야 나무를 배양하게 되니 지지(地支)에서 물 기운이 먼저 필요하다. 나무와 태양이 없으면 부자가 못 된다.

미(未)월 임(壬)수는 나무와 불이 기가 강하여 활동이 쇠퇴되어 가는 시기에 해당한다. 천지가 서서히 여물어 가는 때이므로 나무와 태양이 있으면서 지지(地支)에서 물 기운으로 습하게 수기를 도우면 일생 부귀(富貴)하다.

나무가 너무 많으면 천간(天干)에서 금(金)과 물 기운을 사용하나 나무를 상해하는 일이 있으니 작물이 병해를 입는다.

천간(天干)에 나무와 태양이 있어도 지지(地支)에서 축(丑), 술(戌) 토가 있어 삼형살에 해당하면 가택이 불안하고 암(癌) 등의 병고가 있다.

용신(用神)으로는 목(木), 수(水), 금(金)을 사용한다.

辛 壬 丁 丁
丑 寅 未 未 (坤)

대운(大運)
癸 壬 辛 庚 己 戊
丑 子 亥 戌 酉 申

① 미(未)월 더운 여름의 물이다.
② 더운 여름의 물이 월간(月干) 년간(年干) 정(丁)화가 잡으니 물이 목(木)으

로 화했다.

③ 미(未)월의 임(壬)수는 물과 나무가 용신(用神)인데 일지(日支)의 인(寅)목이 용신(用神)이다.

④ 목부금자(木夫金子)로 사방에 남자가 가득하다.

⑤ 남자 목(木)의 글자를 고장(庫藏) 들어가게 하는 글자가 미(未)토이다.

⑥ 고장(庫藏) 글자를 둘이나 갖고 있어 한 남편으로 해로하기가 어렵다.

⑦ 남편과 사별해도 축(丑) 대운(大運)에 축미 충(沖)으로 을(乙)목이 튀어 오르니 남자가 많이 따른다.

⑧ 임(壬)수에 시간(時干)의 신(辛)금은 길이라 외부, 직장이 길한데 집 안에서 나가지 못하게 한다. 정(丁)화가 일간을 합했다.

⑨ 더운 여름 일지(日支)에 나무가 앉아 물을 빨아들이는 인자이므로 항상 갈증을 느낀다.

9.4 신유(申酉)월 임(壬)수 일간(日干)

가을철 임(壬)수는 결실의 계절이다. 임무가 다 끝난 시절이므로 임(壬)수가 할 일이 없다.

나무와 태양이 있는 환경이면 평생 부자로 살아갈 수 있다. 나무를 사용하는 경우에는 생목(生木)과 사목(死木)을 구분하여 사용해야 한다.

신(申)월에는 임(壬)수가 왕(旺) 하여 범람이 있으므로 나무와 태양이 있어도 무(戊)토로 제방을 해 주어야 길한 구조이다.

가을철에는 임(壬)수를 안정하기 위하여 무(戊)토를 먼저 사용한다. 물을 제어하지 못하면 안정이 안 되고 유랑자, 방랑자 자기 마음대로 하는 삶을 산다.

나무와 태양이 없으면 할 일이 없다고 생각하여 무위도식하는 자이다.

나무가 있는데 금(金) 기운이 나와 불로써 제어하지 못하면 열매를 도둑맞은 격으로 가진 재산을 잃고 힘들게 살아간다.

신(申)월에는 냉습하여 살아가는 의지를 잃은 것으로 천간(天干)에 무(戊)토가 선용(先用)이다. 병(丙)화가 나오면 귀(貴)하고 나무가 있으면 부귀(富貴) 겸전이다.

지지(地支)에서 인신(寅申) 충(沖)을 이루는 구조이면 돌발적인 사고로 인해 가산을 탕진하거나 명예를 실추하여 병고에 시달리는 명(命)이다.

유(酉)월의 임(壬)수도 대체로 신(申)월과 유사하다.

남자 명(命)은 나무와 태양이 있어도 기(己)토가 나와 합하면 아내가 건전하지 못하고 여자 명(命)은 좋은 남편과 자식을 일시에 잃고 마는 비운의 명(命)이다.

용신(用神)으로는 토(土), 화(火), 목(木)을 사용한다.

乙 壬 甲 乙
巳 寅 申 未 (坤)

대운(大運)
庚 己 戊 丁 丙 乙
寅 丑 子 亥 戌 酉

① 신(申)월 임(壬)수로 가을철에 물이다.

② 가을철에 열매, 재물에 해당하는 갑을 목이 있어 먹을 것이 있다.

③ 재물 열매를 더 여물게 하려면 태양이 필요한데 일지(日支) 인(寅) 중 병(丙)화가 용신(用神)이다.

④ 여자 명(命)으로 목부금자(木夫金子)에 해당하는데 일지(日支)에 배우자가 양옆의 금(金)에 맞고 있다.

⑤ 사유축(巳酉丑) 금(金)이 오는 해나 해묘미(亥卯未) 목국(木局)이 되어 금목상전(金木相戰)을 하는 해에는 남편이 위험하다.

⑥ 정해 대운(大運)에 사해(巳亥) 충(沖)이 일어나고 해미(亥未) 목(木)이 금(金)에 맞아 남편을 잃었다.

⑦ 기축 대운(大運)에도 같은 현상이 일어나 일생 동안 부부 사별(死別)이 4회나 있었다.

⑧ 대부분 일지(日支)에서 용신(用神)을 사용하면 배우자 덕이 있는데 극(克)을 맞은 환경에서는 어렵다.

⑨ 가을 물이 키울 나무가 많고 겉은 화려한데 배우자 덕이 불미하니 삶이 평온하지 못하다.

9.5 술해(戌亥)월 임(壬)수 일간(日干)

술(戌)월 임(壬)수는 토(土)가 있어서 어느 정도 제어가 되어 있는 물이므로 나무와 태양이 있으면 역시 부(富)와 귀(貴)를 가진다.

천간(天干)에서 무(戊)토와 나무가 있는데 정(丁)화가 나와 정임(丁壬) 합을 하는 구조이면 활인적덕하는 명(命)이나 본인의 영화는 부족하여 재물로 인해 마음고생을 한다.

해(亥)월 임(壬)수는 록(祿)지이고 해(亥) 중에 갑(甲)목이 있다.

임(壬)수가 한랭하여 생의(生意)가 없으니 천간(天干)에서 병(丙)화를 선용(先用)하고 무(戊)토로 제방 되어야 귀한 명(命)이다.

천간(天干)의 무(戊)토와 태양, 지지(地支)에서 인(寅)목과 진(辰)토가 있으면 중년 후에 발복(發福)하는 명(命)이다.

지지(地支)에서 목(木)이 많으면 천간(天干)에서 무(戊)토와 태양이 있어도 일을 성사시키는데 어려움이 있으니 천간(天干)에서 금(金) 기운이 나와 벌목해 주면 부자 명(命)이다.

지지(地支)에서 금(金) 기운이 나와 목(木)의 근지(根支)가 파상되면 중상모략을 당하기도 하며 가정이 곤란하다. 운로에서도 금(金)과 목(木)이 싸움이 일어나는 운이면 흉하다.

용신(用神)으로는 목(木), 화(火), 토(土)를 사용한다.

丙 壬 甲 甲
午 戌 戌 申 (坤)

대운(大運)
戊 己 庚 辛 壬 癸
辰 巳 午 未 申 酉

① 가을 임(壬)수로 강물이 지지(地支)에 물기가 없으니 힘들다.
② 월간(月干) 갑(甲)을 용신(用神)으로 해서 용신(用神)이 둘이니 서방이 둘이다.
③ 운로가 남방으로 흐르는데 목(木) 기운이 물기가 없어 고전을 한다.

④ 경오(庚午) 대운(大運)에 용신(用神)을 극(克) 해서 흉하여 재산을 빼앗기고

⑤ 기사(己巳) 대운(大運)은 갑기(甲己) 합으로 공짜 돈을 바라니

⑥ 가을철 갑(甲)목은 공짜 돈을 좋아하여 사기를 친다.

⑦ 용신(用神)이 둘이기도 하지만 일지(日支) 월지(月支) 술(戌)토 역시 둘이니 이부지명(二夫之命)이라

⑧ 무진 대운(大運)은 용신(用神)이 충(沖) 나고 임(壬)수 일간(日干)을 치니 삶이 힘들다.

9.6 자축(子丑)월 임(壬)수 일간(日干)

겨울철 임(壬)수는 물이 강해도 소용이 없다. 쓸모가 없으며 자기를 필요로 할 때인 봄과 여름을 기다리는 명(命)이다.

천간(天干)에서 나무와 태양이 있고 지지(地支)에서 나무와 태양의 뿌리가 있으면 초년에는 고생하나 봄여름 운이 올 때는 발복(發福)한다.

겨울철의 물이므로 구박덩이요, 소외 받는 존재로 태어났다.

환대받는 명(命)이 되기 위해서는 지지(地支)에서 오(午)화나 술(戌)토 미(未)토가 있어서 온수(溫水)로 변해야 한다. 온수(溫水)의 명(命)으로 태어나면 부모의 환대를 받고 사랑도 받으며 안락하게 삶을 산다.

자(子)월 임(壬)수는 동빙(凍氷) 한설(寒雪)의 시기로 생의(生意)가 없으니 부모와 인연이 박하고 남들로부터 푸대접을 받는다. 무(戊)토가 나와 제방 한 후에 나무와 태양을 사용하면 중년 이후에 발복(發福)하는 명(命)이다.

무(戊)토와 나무가 있어도 태양 없이 정(丁)화가 나오면 심성은 착해 활인지명(活人之命)은 되나 자신의 영달은 없다.

축(丑)월은 얼음덩이 토(土)이므로 임(壬)수가 정체되어 나무로 소토하고, 병(丙)화로 따뜻함을 이루면 중년 이후에 발복(發福)한다. 지지(地支)에서 인묘진(寅卯辰) 중 한 글자가 있으면 좋다.

축(丑) 중에는 금(金) 기운이 있어서 나무뿌리가 보전하기 위해서는 화(火) 기운이 있어야 한다. 화(火) 기운이 없이 유축(酉丑) 금(金) 기운이면 나무가 상해 천간(天干)에 나무와 병(丙) 화가 있어도 가난하다.

용신(用神)으로는 토(土), 화(火), 목(木)을 사용한다.

庚 壬 丁 己
戌 寅 丑 亥 (坤)

대운(大運)

癸 壬 辛 庚 己 戊
未 午 巳 辰 卯 寅

① 축(丑)월 추운 겨울에 강물이다.

② 시간(時干) 경(庚)금은 추운 겨울에 임(壬)수를 더 생(生)해 주어 차갑게 해 준다.

③ 추운 겨울 임(壬)수가 차갑고 냉정하다고 하나 월간(月干) 정(丁)화로 따뜻한 온수가 되었다.

④ 임(壬)수는 기(己)토를 보면 천하고 탁수(濁水)를 하나 정(丁)화가 합하여 아니다.

⑤ 여자 명(命)으로 정(丁)화가 용신(用神)이라 화부수자(火夫水子)가 되었다.

⑥ 일지(日支)에 인(寅)목이 술(戌)토와 합하여 용신(用神)이 강하다.

⑦ 기묘 대운(大運)은 임(壬)수가 기(己)토를 다시 보니 탁수(濁水)의 행동을 한다.

⑧ 인술(寅戌)로 합해서 타니 방송 연예 분야에 두각을 나타낸다.

⑨ 신사 대운(大運)은 기존의 업무에서 확대되어 변화되는 운이라 새로운 일을 한다.

⑩ 임오 대운(大運)은 용신(用神)이 합하고 오(午)화가 다시 오니 남자를 만난다.

9.7 임(壬)수 일간(日干)에 다른 글자가 온 의미

① 甲 壬 丙 : 임(壬)수 일간(日干)이 나무와 태양을 가지고 있다.

② 甲 壬 丁 : 임(壬)수 일간(日干)이 키울 나무를 버리고 정(丁)화와 합했다.

③ 乙 壬 庚 : 임(壬)수 일간(日干)에 을(乙)목이 경(庚)금과 합했다.

④ 丙 壬 辛 : 임(壬)수 일간(日干)에 태양이 신(辛)금과 합했다.

⑤ 乙 壬 己 : 임(壬)수 일간(日干)에 을(乙)목이 탁수(濁水)시키는 기(己)토를 극했다.

⑥ 戊 壬 乙 : 임(壬)수 일간(日干)에 을(乙)목이 무(戊)토를 극(克) 한다.

⑦ 戊 壬 癸 : 임(壬)수 일간(日干)에 무(戊)토가 빗물 계(癸)수를 합했다.

⑧ 辛 壬 丁 : 임(壬)수 일간(日干)이 보석을 버리고 정(丁)화와 합했다.

⑨ 癸 壬 癸 : 임(壬)수 일간(日干)에 비가 계속 내린다.

⑩ 癸 壬 丁 : 임(壬)수 일간(日干)이 비를 피해 정(丁)화와 합했다.

10. 계(癸)수 일간(日干)의 특성

계(癸)수는 하늘에서 내리는 비에 비유한다. 자존심이 강하고 자신이 최고라고 생각하는 면이 있다.

지상에서는 수증기, 김, 황천수, 눈물 등에 해당한다. 임무는 임(壬)수와 같이 나무를 태양으로 양육하는 의무를 가진다.

성정은 계산이 빠르고 자존심이 강하고 남에게 지는 것을 싫어한다. 자신의 목적을 위해서는 수단과 방법을 가리지 않는 면도 있다. 한편으로는 자비의 마음도 있어 남을 위해 희생 봉사하는 성정도 있다.

일반적으로 계(癸)수는 천간(天干)의 마지막 글자로 인생의 슬픔, 이별, 죽음의 의미도 가진다. 따라서 대운(大運)에서 계(癸)수 대운(大運)이 오면 이별이나 슬픔, 죽음에 관련한 일이 생긴다.

계(癸)수는 기(己)토를 좋아하는데 밭에 비를 내리고 나무나 곡식을 양육하는 환경을 이루는 관계이다.

냉습하고 성향이 하향성인데 태양을 갈구하여 자신에게 온난함을 원한다.

문화를 여는 대표적인 인자로서 나무와 태양을 가지면 문화, 예술, 미적인 감각에 탁월하다. 솜씨가 있고 조용하고 아름답고 여자다운 면을 보유하는 음(陰)의 글자이다.

팔괘로는 감(坎)괘에 해당하고 물, 비, 죽음, 고독, 외로움, 슬픔, 폭군, 지혜, 총명, 음모 등의 일과 관련이 있다.

직업으로는 물장사, 여관업, 목욕탕, 장의사, 요식업, 양어장, 간첩, 수문장, 부동산 등에 알맞다.

10.1 인묘(寅卯)월 계(癸)수 일간(日干)

봄철의 계(癸)수는 봄비, 이슬비에 해당한다. 만물이 비를 필요로 하는 시기에 태어났으니 어디를 가도 환영을 받고 부모의 사랑과 환대를 받는다.

나무와 태양이 있고 지지(地支)에 토(土)가 있으면 어릴 적부터 지혜롭고 총명하여 공부도 잘하고 중년 후에는 발복(發福)하는 명(命)이다.

봄철의 임(壬)수나 계(癸)수가 다시 원국에 있으면 홍수가 난 것으로 나무나 태양이 있어도 올바르게 성장할 수가 없다.

지지(地支)에서 물 기운이 왕(旺) 해도 천간(天干)에서 무(戊) 토를 사용할 수 없다. 나의 몸인 계(癸)수를 합하는 연유이다.

나무가 없으면 처량한 신세이며 나무를 배양하는 덕을 가지고 있어서 자비롭고 심상이 아름답고 이상주의자다.

용신(用神)으로는 태양을 우선하며 나무를 봐야 발복(發福)할 구조를 갖추었다.

천간(天干)에서 금(金) 기운이 나오면 나무를 상해하고 병충해로 작물을 양육하지 못한다. 남자는 아내를 잃고 여자는 자식으로 인한 고통이 있다.

천간(天干)에 나무가 있는데 태양이 없으면 일이 성사가 없다. 계(癸)수에 태양은 귀(貴)요 나무는 부(富)이다.

지지(地支)에 화(火) 기운이 강하고 천간(天干)에서 정(丁)화가 나오면 요절하거나 사고사를 당하기 쉽다.

인(寅)월 계(癸)수는 천간(天干)에서 태양, 지지(地支)에서 진(辰)토가 있으면 부귀(富貴)하다. 진(辰)토가 없으면 인(寅)목이 안착할 수가 없어 불안하고 중도에 패하게 된다.

묘(卯)월 계(癸)수는 이상이 아름답고 재치가 있으며 태양이 있고 지지(地支)에 진(辰)토가 있으면 지혜가 출중하고 미모가 있어 남에게 추앙을 받는 구조이다.

천간(天干)의 을(乙)목과 태양은 예술 방면에 출중하고 갑(甲)목과 태양이면 재물에 실속이 있다.

용신(用神)으로는 화(火), 토(土)를 사용한다.

丁 癸 庚 辛

巳 酉 寅 酉 (坤)

대운(大運)

丙 乙 甲 癸 壬 辛

申 未 午 巳 辰 卯

① 인(寅)월 계(癸)수는 봄비에 해당한다.

② 봄비는 태양을 그리워하는데, 월간(月干) 년간(年干) 금(金)이 모두 흉신(凶神)이다.

③ 지지(地支)에서도 모두 금(金)인데 어머니 자리가 인(寅)목이라 그나마 모친 덕에 산다.

④ 시간(時干)의 정(丁)화는 나에게는 길하지 못하나 경(庚) 금을 제어하기 위해 사용하니 용신(用神)이다.

⑤ 여자 명(命)으로 화부수자(火夫水子)에 해당하는데 일지(日支)에서 금(金)이 앉으니 남편 덕이 없다.

⑥ 계사 대운(大運)은 용신(用神)을 끄는 계(癸)수는 흉인데 무자년에 무계 합으로 결혼하려고 한다.

⑦ 일 시지(時支)가 사유(巳酉) 금(金)으로 용신(用神) 화(火)와 극(克) 하니 남편이 안착하기가 어렵다.

⑧ 사(巳) 대운(大運)에 사유(巳酉) 금(金)이 강하여 용신(用神)과 극(克) 하니 교통사고가 나기 쉽다.

⑨ 갑오 대운(大運)에 오(午)화가 오더라도 금(金)을 극(克) 하기는 어려우나 세운에서 허락하면 가능하다.

⑩ 여자 명(命)이 일지(日支)가 용신(用神)과 극(克) 하는 구조는 홀로 사는 것이 현명하다.

10.2 진사(辰巳)월 계(癸)수 일간(日干)

진(辰)월의 계(癸)수는 나무가 우선이다. 나무를 용신(用神)으로 하고 태양으로 양육하는 구조이면 길하다.

물과 나무가 왕성하니 활력이 넘치고 성실함이 있어 어디를 가도 환대하고 임무를 수행한다. 중년 이후에 발복(發福)은 틀림없다.

을(乙)목과 태양이면 예술로 이름이 나고 문화를 창조하는 사람으로 부(富)를 겸한 예술가의 길을 간다.

물 기운이 왕(旺) 하고 천간(天干)에도 임(壬)수와 계(癸)수가 혼합으로 있으면 태양이 있어야 부자는 되나 천하다. 무(戊)토가 나와 제방을 하고 나무를 용신(用神)으로 하면 대부(大富) 대귀(大貴)한다.

사(巳)월 계(癸)수는 월지(月支)의 무(戊)토와 병(丙)화가 록(祿)지이니 계(癸)수가 힘이 없다. 천간(天干)의 신(辛)금이 나오고 지지(地支)에 물과 나무가 있다면 활인지명(活人之命)이 된다.

천간(天干)의 병(丙)화와 정(丁)화가 나와 계(癸)수가 위협받으면 임(壬)수나 계(癸)수가 나와 조력을 받아야 하는데 그런 구조이면 여자는 후처지명이요, 남자는 아내에게 의지하는 사람이다.

지지(地支)에서 사유축(巳酉丑) 금신(金神)이 있다면 나무와 태양을 사용하여 부귀(富貴)영화가 위세를 떨치나 나무가 작해를 당하는 운에서 일시에 허사가 된다.

금신(金神)이 강해도 천간(天干)에서 무(戊)토와 기(己)토가 있으면 사람은 게으르고 질병으로 인한 병고가 있다.

용신(用神)으로는 목(木), 금(金), 수(水)를 사용한다.

壬 癸 戊 甲

戌 丑 辰 辰 (乾)

대운(大運)

癸 壬 辛 庚 己

酉 申 未 午 巳

① 진(辰)월 계(癸)수는 봄비에 해당한다.

② 시간(時干)의 임(壬)수는 흉신(凶神)에 해당하는데 월간(月干)의 무(戊)토로 제어하지 못했다.

③ 토왕절(土旺節)에는 나무가 우선인데 년간(年干)의 갑(甲)목이 용신(用神)이다.

④ 목자수처(木子水妻)에 해당하는데 일지(日支)의 축(丑)토가 물기가 있으나 상(傷)한 글자이다.

⑤ 초년 기사 대운(大運)은 용신(用神) 합으로 흉(凶)하여 고생하고

⑥ 경오 대운(大運) 신미 대운(大運)이 흉이라 고생이 많았다.

⑦ 임신 계유 대운(大運)은 목(木) 용신(用神) 자에게는 가을걷이 운이라 좋을 듯하나

⑧ 시간(時干)의 임(壬)수를 제어하지 못하여 가을걷이 좋은 운을 받지 못한다.

⑨ 갑술 대운(大運)에 용신(用神)이 오니 사업을 한다고 하나 진(辰)토와 충(沖)을 이루어 성공하지 못한다.

⑩ 축(丑) 중에 기(己)토와 갑기 합을 하기에 아내가 안 된다고 비웃는다.

10.3 오미(午未)월 계(癸)수 일간(日干)

여름철 계(癸)수는 모든 이들이 환영하는 반가운 비이다. 희망이 크고 어디를 가도 환영을 받고 그 임무가 막중하다.

더운 여름철이니 지지(地支)에서 물 기운이 필수다. 물 기운이 있고 나무와 태양이 있으면 길하다.

지지(地支)에서 물이 뿌리로 진(辰)토가 제일 좋고, 그 다음이 자(子)수이고 그 다음이 신(申)금으로 사용한다. 없으면 축(丑)토도 가능하다.

여름철에 물 기운이 없으면 토(土)라도 사용하는데 기(己)토를 사용한다. 용신(用神)으로 임(壬)수를 사용하기도 하는데 그러면 나의 비견을 용신(用神)으로 사용하니 여자 명(命)은 후처지명(後妻之命)이요, 남자는 친구나 가족에게 의지하려는 성향이 있다.

오월의 계(癸)수는 정(丁)화가 득록(得祿) 하니 계(癸)수가 살아갈 힘이 없다. 지지(地支)에서 물 기운이 우선이다. 천간(天干)에서도 물 기운이 없으면 생명이 위협을 당한다.

지지(地支)에서 유(酉)금이 있어 오(午)화에 극(克)을 당하는 구조이면 갑작스런 사고를 당해 사망 위협이 있다.

유(酉)금은 계(癸)수의 어머니에 해당하여 그 뿌리가 극(克)을 당하면 살기 어려운 연유이다.

미(未)월 계(癸)수는 목(木)을 용신(用神)으로 하는데 천간(天干)에서 물 기운이 나오고 나무와 태양이 있으면 부귀명(富貴命)이다.

지지(地支)에서는 물 기운이 필수이며 토(土)가 왕(旺) 한 계절이므로 자신의 역할이 고되고 인덕이 없고 일은 많아 편안한 날이 드물다.

축미(丑未) 충(沖)이 되는 구조이면 본인은 편안하나 미(未) 중의 목(木)이 고장(庫藏)으로 충(沖) 하니 가족을 외면하기 쉽다.

용신(用神)으로는 수(水), 금(金), 토(土), 목(木)을 사용한다.

丁 癸 丙 丁
巳 亥 午 酉 (乾)

대운(大運)
己 庚 辛 壬 癸 甲 乙
亥 子 丑 寅 卯 辰 巳

① 여름비가 시간(時干)과 년간(年干)의 정(丁)화로 미약하다.

② 물의 기운은 해(亥)수가 있어서 용신(用神)으로 하고

③ 을사(乙巳) 대운(大運)은 화(火) 기운이 강해 몸이 아프다.

④ 갑진(甲辰) 대운(大運)은 수(水) 기운이 강해 길하고

⑤ 계묘(癸卯) 대운(大運)은 정(丁)화 병(丙) 화를 극(克) 하여 돈을 벌고

⑥ 묘(卯) 대운(大運)은 해묘(亥卯)로 목(木)이 왕(旺) 하나 오(午)화를 생(生)해 돈을 잃는다.

⑦ 임인(壬寅) 운은 정임(丁壬) 합 목으로 기신(忌神)인 화(火)를 생(生)해 흉하다.

⑧ 인(寅) 대운(大運)에 인오(寅午) 합으로 화(火)가 강해 해(亥)수를 태우니 사망에 이르게 된다.

⑨ 일간(日干) 계(癸)수가 뿌리가 없어 화(火) 대운(大運)에 물이 고갈되니 삶을 이어 가기가 어렵다.

10.4 신유(申酉)월 계(癸)수 일간(日干)

가을철 계(癸)수는 자기 할 일이 끝났다. 나무와 태양이 있으면 길하여 노력 없이도 부모에게 받은 재산으로 편안히 사는 명(命)이다.

가을철 계(癸)수는 토(土)와 금(金)을 사용하지 않는다. 나무가 우선으로 나와야 먹고 산다.

물 기운이 강하여 토(土)를 사용하는 구조이면 남녀 모두 배우자 궁이 불안하고 복잡하다.

천간(天干)에서 나무와 태양이 없이 토(土)가 나오는 구조이면 지식이 있어도 사용하지 못하고 일생을 일하지 않고 노는 것을 좋아한다. 할 일을 주어도 하지 않고 완성할 수 없는 명(命)이다.

가을철은 지지(地支)에서 금(金) 기운이 있어서 나무를 보존하기 위해 진(辰) 토나 화(火) 기운으로 금(金)을 제어하는 구조이면 먹고사는 데 지장이 없다.

천간(天干)에서 정(丁)화를 사용할 수 있을 듯하나 나무가 불에 타고 계(癸) 수가 증발되니 단명(短命)하고 갑작스런 사고가 발생할 수 있으니 사용하지 못한다.

신(申)월의 계(癸)수는 나무와 불 기운이 휴수(休囚)되고 시절이 차갑고 냉하 니 계(癸)수가 살아갈 힘이 없다. 태양이 먼저고 나무가 있다면 일생이 편안 하고 불로소득이 많다.

지지(地支)에서 화(火) 기운이 강하고 천간(天干)에서 수(水) 기운이 있으면 일 을 대비하는 능력이 있고 준비성이 강하다.

유(酉)월의 계(癸)수는 춥고, 습하니 태양이 있어야 한다. 나무가 추가로 있 는 구조이면 부귀(富貴)가 있다. 배양의 덕이 없으니 나무를 필요로 하는 계 절에는 원망을 듣는데 나무뿌리가 상하고 불에 극(克) 당하는 연유이다.

용신(用神)으로는 목(木), 화(火)를 사용한다.

癸 癸 庚 戊
亥 卯 申 辰 (坤)

대운(大運)
丙 丁 戊 己
辰 巳 午 未

① 신(申)월 가을 계(癸)수는 가을비에 해당한다.

② 시간(時干)의 계(癸)수는 가을비에 비가 더 오는 거다.

③ 월간(月干) 경(庚)금은 비 오는 가을에 더 내리게 하는 흉신(凶神)이다.

④ 추운 가을비가 의지할 불이 없구나.

⑤ 월지(月支) 신(申) 금은 추운 가을비가 더 차갑게 하는구나.

⑥ 가을비는 불이 없으면 열매라도 맺어야 하는데

⑦ 일지(日支)의 묘(卯)는 해묘(亥卯) 합으로 월지(月支)의 신(申) 금과 싸우니 용신(用神)으로 쓰지 못한다.

⑧ 진(辰)중의 을(乙)목은 신(申)금이 바로 극(克) 하지 못하니 용신(用神)으로 사용한다.

⑨ 무오 대운(大運)은 무계 합이 되어 추운데 의지할 의지처가 있는 것이다.

⑩ 정사 대운(大運)은 정(丁)화가 경(庚)금을 쳐 주는데 정작 본인이 정계(丁癸) 충(沖) 하여 거부하는 명조이다.

10.5 술해(戌亥)월 계(癸)수 일간(日干)

술(戌)월의 계(癸)수는 월지(月支)에 정(丁)화가 있어 점차 차가워지는 계절이니 갑(甲)목으로 소토(疎土)를 하고 태양을 사용하면 편안하고 부귀(富貴)한 명(命)이나 봄, 여름철에 원망을 듣고 일이 성사가 없다. 지지(地支)에서 술(戌)토가 불에 타 버린 연유이다.

나무와 태양이 있고 지지(地支)에서 인(寅)목과 묘(卯)목이 있으면 술(戌)토에 타서 병으로 인한 고통이 있다.

불 기운이 너무 강해 천간(天干)에서 불을 끄기 위해 물을 사용하면 급한 불은 끌지 모르나 불안하고 되는 일은 없는 명(命)으로 일의 성사가 없다.

해(亥)월 계(癸)수는 춥고 냉한 계절이기는 하나 아직 얼음덩어리 계절은 아니다. 태양이 있어도 따뜻함을 갖추어 넉넉하게 먹고산다.

천간(天干)에 나무가 있으나 지지(地支)에서 그 뿌리가 없으면 사목(死木)으로 봄 여름철에 할 일이 없다. 질병으로 인한 고통이 있고 병명도 모른 채 죽어 간다.

나무가 많은데 지지(地支)에 진(辰)토가 없으면 뿌리가 안착하지 못해 심상이 불안하고 가택에 고통이 있다. 남자 명(命)은 화자목처(火子木妻)에 해당하여 아내 글자가 많고 직업이 여러 곳으로 돌아다니나 큰 수익이 못 된다. 여자 명(命)은 여러 남자와 가정을 이루나 욕심이 많고 안정을 찾기가 어렵다.

용신(用神)으로는 화(火), 목(木)을 사용한다.

戊 癸 丁 乙
午 丑 亥 丑 (坤)

대운(大運)

癸 壬 辛 庚 己 戊
巳 辰 卯 寅 丑 子

① 여자 명(命)으로 해(亥)월의 계(癸)수는 겨울비인데

② 시간(時干) 무(戊)토는 커튼으로 추위를 막고 있다.

③ 월간(月干) 정(丁)화 불씨에 의존하여 삶을 살아가야 하는데

④ 년간(年干) 을(乙)목은 땔감으로 불을 지피는 희신(喜神)이구나.

⑤ 경인(庚寅) 대운(大運) 경(庚)금은 땔감을 합해 흉하고

⑥ 인(寅)목 운은 인오(寅午)로 불을 더 내니 길하다.

⑦ 시지(時支) 오(午)화는 용신(用神)의 뿌리로 축(丑)토에 완전히 죽은 것이 아니라

⑧ 불씨가 오는 운에서 길하게 작용한다.

⑨ 일지(日支)의 축(丑)토는 용신(用神)을 고장(庫藏) 하는 글자이므로

⑩ 용신(用神) 고장(庫藏)을 유발하는 글자를 일지(日支)에서 가졌으니 부부 일생 해로하기 어렵다.

10.6 자축(子丑)월 계(癸)수 일간(日干)

겨울철의 계(癸)수는 반가워하는 이 없는 계절에 태어났다. 어릴 때부터 구박덩어리로 태어나 힘든 시절을 보낸다.

자수성가해야 하는 명(命)으로 운로가 길하게 가면 발전도 있고 기대가 크나 흉 운으로 가면 잔인하고 무섭게 돌변하는 성정이다.

태양과 나무가 있고 지지(地支)에서 불의 기운이 있으면 고생 없이 편안한 삶을 살아간다.

겨울철에 무(戊)토가 나와 계(癸)수와 합 하는 구조이면 "나는 겨울비가 아니요."라고 해서 사람은 착하다.

겨울철에는 눈, 눈보라, 눈비, 숙살(肅殺)의 기운을 가지고 있어서 만물을 얼려 죽이는 성정이니 냉혹하고 강하고 매서운 심성을 가진다.

자(子)월 계(癸)수는 얼음덩어리에 해당하는 추운 계절이니 태양과 나무가 같이 있고 지지(地支)에서는 뿌리가 보존되어야 초년에는 고생하나 봄 여름 철에 발복(發福)한다. 지지(地支)에서 불 기운이 있으면 초년에 유복하고 귀하

게 자란다.

　자(子)월에는 지지(地支)에 나무가 얼어 죽기 쉬우니 미(未)토를 사용하며 진(辰)토도 좋다.

　축(丑)월 계(癸)수는 가장 추운 계절이나 토(土)가 왕(旺) 한 계절이니 천간(天干)에서 나무를 우선 사용한다. 지지(地支)에서는 나무의 뿌리가 축(丑)토에 잘 자라지 못해 가정이 불안하다.

　지지(地支)에서 금(金)과 물 기운을 만나면 사람이 괴팍하고 흉폭하며 의지할 곳이 없는 떠돌이다.

　용신(用神)으로는 화(火), 토(土), 목(木)을 사용한다.

戊 癸 辛 辛
午 酉 丑 未 (乾)

대운(大運)
甲 乙 丙 丁 戊 己 庚
午 未 申 酉 戌 亥 子

① 축(丑)월 한겨울 계(癸)수는 겨울비이다.
② 추운 겨울의 비가 무(戊)토로 합하니 나는 비가 아니오라고 한다.
③ 추운 겨울의 비가 아니라고 해서 사람은 착한 사람이다.
④ 추운 겨울에 불씨라도 써야 해서 오(午)화를 용신(用神)으로 하고자 하나
⑤ 축미(丑未) 충(沖)으로 흉신(凶神) 신(辛)금이 흔들려서 나쁘다.
⑥ 이때 튀어 오른 정(丁)화가 흉신(凶神)을 제거해서 미(未) 중 정(丁)화가 용

신(用神)이다.

⑦ 시지(時支) 오(午)화가 유(酉)금을 누른다고 하나 유축(酉丑) 합으로 힘들고 천간(天干) 신(辛)금을 누르는 것이 더 길하다.

⑧ 겨울철 미(未)토는 그 자체로 추위를 이긴 것이고 따뜻함으로 추위를 해결하니 길하다.

⑨ 남자 명(命)으로 화자목처(火子木妻)에 해당하여 일지(日支)에 유(酉)금이 앉으니 아내 덕이 있다고 못 한다.

10.7 계(癸)수 일간(日干)에 다른 글자가 온 의미

① 甲 癸 丙 : 계(癸)수 일간(日干)이 나무와 태양을 가졌다.

② 甲 癸 丁 : 계(癸)수 일간(日干)이 나무가 있고 흉 정(丁)화를 끄려 한다.

③ 乙 癸 甲 : 계(癸)수 일간(日干)이 월간(月干)에 갑, 시간(時干)에 을(乙)을 가졌다.

④ 丙 癸 辛 : 계(癸)수 일간(日干)에 길신(吉神) 태양을 신(辛)금이 합했다.

⑤ 己 癸 丙 : 계(癸)수 일간(日干)이 기(己)토와 태양을 가졌다.

⑥ 戊 癸 丙 : 계(癸)수 일간(日干)이 태양을 외면해 무(戊)토와 합했다.

⑦ 丁 癸 庚 : 계(癸)수 일간(日干)이 경(庚)금을 시간(時干)의 정(丁)화가 극(克)
한다.

⑧ 己 癸 乙 : 계(癸)수 일간(日干)에 을(乙)목이 기(己)토를 극(克) 한다.

⑨ 壬 癸 丁 : 계(癸)수 일간(日干)이 나보다 나은 임(壬)수를 월간(月干) 정(丁)
화가 합했다.

⑩ 壬 癸 癸 : 계(癸)수 일간(日干)이 임(壬)수와 다른 계(癸)수가 있어 물이 많다.

II

난강망(欄江網) 지지(地支) 전투(戰鬪)론

1. 지지(地支)론 개요

지지(地支)에서 운(運)에 대한 싸움을 읽어 내는 방법으로 원국의 글자와 대운(大運) 세운(歲運)에서 오는 지지(地支) 글자 간의 생극(生剋)을 보는 것이다. 이를 요약하면 다음과 같다.

① 흉신(凶神)과 용신(用神)의 세력 균형을 판단하는 것이다.

② 흉신(凶神)과 용신(用神)이 서로 통관하는 운은 무난하여 반흉반길이다.

③ 흉신(凶神)을 설기(洩氣) 하나 용신(用神)을 극(克) 하면 흉하다.

④ 용신(用神)을 설기(洩氣) 해 흉신(凶神)을 극(克) 하면 길하다.

⑤ 흉신(凶神)을 설기(洩氣) 하여 용신(用神)을 생(生) 하면 길하다.

⑥ 흉신(凶神)과 용신(用神)이 서로 싸우는데 흉신(凶神) 쪽에 약신(藥神)이 있으면 흉신(凶神)과 약신(藥神)의 싸움으로 본다.

⑦ 약신(藥神)이 무너지면 흉신(凶神)이 용신(用神)을 바로 극 하기에 흉하다.

⑧ 용신(用神)을 치려고 하는 흉신(凶神) 운에서 흉신(凶神) 글자를 막아 주는 글자가 존재할 때 본인은 별거 아니라고 생각하고 무난하게 넘어간다.

⑨ 용신(用神)이 흉신(凶神)을 이길 때 대발한다. 인기 두각으로 나타난다.

지지(地支) 12글자에 대한 의미는 《난강망-형설출판사편》을 참고하기 바란다. 여기서는 지지(地支) 옆 글자 간의 의미를 다시 한번 소개하고 대운론으로 넘어가기로 한다.

1.1 자(子) 글자에 다른 글자가 온 의미

○ 子 + 子 : 물이 왕 하다.

○ 子 + 丑 : 물로 본다. 자수가 용신일 때는 길이나 그 이외는 토극수 한다.

○ 子 + 寅 : 인이 얼었다. 흉하다. 수생목으로 보지 마라.

○ 子 + 卯 : 수생목이다.

○ 子 + 辰 : 진토에 물을 담은 거다.

○ 子 + 巳 : 사중금의 용신일 때 흉, 자수가 용신시 길, 사중토가 용신일
　때 길이다.

○ 子 + 午 : 충이다. 자수가 이긴다. 오월이면 물이 증발한다.

○ 子 + 未 : 미토에 자수가 진다. 자미토로 황토의 개념일 때는 인목이 용
　신일 때이다.

○ 子 + 申 : 물이다. 금생수이다.

○ 子 + 酉 : 자수에 유금이 빠진다. 계수 자수가 용신일 때는 금생수 하나
　임수가 용신일 때는 금생수 못 한다.

○ 子 + 戌 : 술토에 자수가 진다.

○ 子 + 亥 : 물이다.

1.2 축(丑)에 다른 글자가 온 의미

○ 丑 + 子 : 물로 본다.

○ 丑 + 丑 : 얼음덩이다.

○ 丑 + 寅 : 인이 축에 상했다. 인이 이길 때도 있다.

○ 丑 + 卯 : 축이 이긴다. 꽃이 얼어 죽는다.

○ 丑 + 辰 : 축에 황토가 왔다.

○ 丑 + 巳 : 합이다. 금으로 본다.

○ 丑 + 午 : 오가 축에 꺼진다.

○ 丑 + 未 : 충으로 미토가 이긴다. 개토한다.

○ 丑 + 申 : 금이 상했다.

○ 丑 + 酉 : 합이다. 금으로 잡석, 자갈밭이다.

○ 丑 + 戌 : 술토가 이긴다. 겨울 화로에 불이 있다.

○ 丑 + 亥 : 씨앗이 얼었다. 썩은 땅에 씨앗 뿌린 것이다.

1.3 인(寅)에 다른 글자가 온 의미

○ 寅 + 子 : 극 관계, 나무가 썩는다.

○ 寅 + 丑 : 인목이 상했다. 금극목 한다. 인목이 이길 때도 있다.

○ 寅 + 寅 : 인이 더해졌다.

○ 寅 + 卯 : 가지가 더해졌다. 인목이 가지를 치고 뿌리를 뻗은 때다.

○ 寅 + 辰 : 황토가 왔다.

○ 寅 + 巳 : 콘크리트 바닥에 나무다.

○ 寅 + 午 : 나무가 탄다.

○ 寅 + 未 : 모래에 심은 나무다.

○ 寅 + 申 : 충이다. 나무가 진다.

○ 寅 + 酉 : 극이다. 자갈밭에 심은 나무다.

○ 寅 + 戌 : 나무가 탄다. 술이 이긴다.

○ 寅 + 亥 : 인해 합으로 더해졌다. 씨앗이 접 붙었다.

1.4 묘(卯)에 다른 글자가 온 의미

○ 卯 + 子 : 물이 왕 하다. 수생목으로 본다.

○ 卯 + 丑 : 가지 나무에 얼음덩이가 왔다. 축이 이긴다.

○ 卯 + 寅 : 나무가 더해졌다. 꽃이 나무를 타고 올라가는 것이다.

○ 卯 + 卯 : 수풀이 왕 하다.

○ 卯 + 辰 : 황토가 왔다.

○ 卯 + 巳 : 싸움이 안 되고 넝쿨이 벽을 타고 오른다.

○ 卯 + 午 : 묘가 오화에 탄다. 눈물이 난다.

○ 卯 + 未 : 합이다.

○ 卯 + 申 : 암합으로 수용신일 때 흉하다.

○ 卯 + 酉 : 극이다.

○ 卯 + 戌 : 묘가 술에 탄다. 술이 이긴다.

○ 卯 + 亥 : 합이다. 나무가 강해졌다.

1.5 진(辰)에 다른 글자가 온 의미

○ 辰 + 子 : 진토에 물이 더해졌다. 성가신 존재이다.

○ 辰 + 丑 : 진토에 얼음덩이가 더해졌다.

○ 辰 + 寅 : 진토에 나무가 왔다. 잘 심긴다.

○ 辰 + 卯 : 진토에 묘가 극을 한다. 물통이 구멍 난다.

○ 辰 + 辰 : 황토가 더해졌다.

○ 辰 + 巳 : 싸움이 안 된다. 진토 용신에 금이 없으면 보통이나 있으면
흉이다.

○ 辰 + 午 : 오화가 더해졌다. 화생토로 보나 진중 계수 용신은 흉하다.

○ 辰 + 未 : 미토가 이긴다.

○ 辰 + 申 : 합이다. 옥토에 바위가 있는 것으로 구설은 없다.

○ 辰 + 酉 : 기름진 땅에 자갈이 들어온다.

○ 辰 + 戌 : 충이다. 술토가 이긴다. 기름진 땅이 파헤쳐진다.

○ 辰 + 亥 : 황토에 씨앗이 심긴다. 묘미가 오면 진토를 친다.

1.6 사(巳)에 다른 글자가 온 의미

○ 巳 + 子 : 자수가 용신일 때 금생수로 길, 사중 금이 용신일 때 흉, 사중
토가 용신일 때는 길하다.

○ 巳 + 丑 : 합이다. 금이 강하다.

○ 巳 + 寅 : 콘크리트에 나무가 온 것이다. 금극목 한다.

○ 巳 + 卯 : 싸움이 안 된다. 바닥에 넝쿨이 온 거다.

○ 巳 + 辰 : 황토가 왔다.

○ 巳 + 巳 : 사가 더해진 거다.

○ 巳 + 午 : 불이 더해졌다. 사가 오화를 이긴다.

○ 巳 + 未 : 불로 본다. 사막이다.

○ 巳 + 申 : 금이 왕 해졌다.

○ 巳 + 酉 : 합이다. 금이다.

○ 巳 + 戌 : 싸움이 안 된다. 보통은 된다.

○ 巳 + 亥 : 충이다. 금극목일 때가 있다.

1.7 오(午)에 다른 글자가 온 의미

○ 午 + 子 : 물이 이긴다. 충이다. 오화 용신이면 흉이다.

○ 午 + 丑 : 불이 꺼진다.

○ 午 + 寅 : 나무가 더해져 불이 난다. 땔감이 왔다.

○ 午 + 卯 : 습기 많은 나무가 와서 불을 끈다.

○ 午 + 辰 : 황토가 더해졌다. 오화가 용신이면 흉이다.

○ 午 + 巳 : 사도 차가운 거다. 흉이다.

○ 午 + 午 : 불이 더해졌다.

○ 午 + 未 : 합으로 불이 유지한다.

○ 午 + 申 : 수용관계로 길하다.

○ 午 + 酉 : 극 한다.

○ 午 + 戌 : 불을 끈다.

○ 午 + 亥 : 불에 기름이 더해졌다.

1.8 미(未)에 다른 글자가 온 의미

○ 未 + 子 : 미세한 토에 물이 더해져 황토가 된다. 토극수로 이긴다.

○ 未 + 丑 : 미토가 이긴다. 길이다.

○ 未 + 寅 : 미토에 나무가 왔다. 길이다. 토 용신일 때 인 대운도 길이다.

○ 未 + 卯 : 합이다. 극이다. 흉이다.

○ 未 + 辰 : 진토가 왔다. 길이다.

○ 未 + 巳 : 금으로 변화가 가능하다. 금이 없으면 보통은 된다.

○ 未 + 午 : 합이다. 유지한다. 흉신 금을 제어하며 길이다.

○ 未 + 未 : 더해졌다.

○ 未 + 申 : 힘들다. 설기되어 힘들다. 미 중 정화이면 금을 어느 정도 제
어해 보통이다.

○ 未 + 酉 : 미가 금을 제어한다. 길이나 설기되면 흉이다.

○ 未 + 戌 : 싸움이 안 된다. 경제력은 길이나 관재구설이 있다.

○ 未 + 亥 : 합이다. 목극토 될 때 흉이다.

1.9 신(申)에 다른 글자가 온 의미

○ 申 + 子 : 합이다. 신중 임수 용신이면 길이나 옆에 오술미가 있어야 한다.

○ 申 + 丑 : 금을 상하게 한다.

○ 申 + 寅 : 충이다. 금극목이다.

○ 申 + 卯 : 암합이다. 흉이다.

○ 申 + 辰 : 합이다. 토생금이다.

○ 申 + 巳 : 금이 강해진다.

○ 申 + 午 : 수용 관계로 길하다.

○ 申 + 未 : 미가 금을 어느 정도 제어한다. 토생금이면 길이다.

○ 申 + 申 : 금이 더해진 거다.

○ 申 + 酉 : 금이 더해진다. 금끼리 싸운다.

○ 申 + 戌 : 술토가 어느 정도 제어한다. 불 기운으로 단련한다.

○ 申 + 亥 : 오술미 없으면 흉이다. 금은 해자축에 빠지는 성향이 있다.

1.10 유(酉)에 다른 글자가 온 의미

○ 酉 + 子 : 자수에 금이 빠진다. 설기되면 흉이다. 오 있으면 괜찮다.

○ 酉 + 丑 : 합이다. 금으로 길하게 작용한다.

○ 酉 + 寅 : 나무를 극한다.

○ 酉 + 卯 : 충이다. 신경이 쓰이지만 이긴다.

○ 酉 + 辰 : 싸움이 안 된다. 토생금으로 본다.

○ 酉 + 巳 : 합이다. 금이다.

○ 酉 + 午 : 화극금 한다. 흉하다.

○ 酉 + 未 : 미토가 금을 제어한다. 토생금이 아니다.

○ 酉 + 申 : 금이 더해진 거다. 흉이다.

○ 酉 + 酉 : 금이 더해졌다.

○ 酉 + 戌 : 술토가 금을 제어한다. 매금 형상이다.

○ 酉 + 亥 : 해수에 빠지거나 극 할 때 있다. 설기로 본다. 유 일지에 해 대운 부부가 법적으로 이혼이 안 된다. 해 일지에 유 대운은 이혼이 된다.

1.11 술(戌)에 다른 글자가 온 의미

○ 戌 + 子 : 술이 이긴다. 길이다.

○ 戌 + 丑 : 술토가 이긴다.

○ 戌 + 寅 : 불을 낸다.

○ 戌 + 卯 : 술토를 극(克) 한다.

○ 戌 + 辰 : 충이다. 개조한다.

○ 戌 + 巳 : 싸움이 안 된다. 신유금이 있으면 보통은 된다.

○ 戌 + 午 : 불을 더 내려 한다.

○ 戌 + 未 : 불을 유지한다. 미가 이긴다.

○ 戌 + 申 : 화극금이 안 되고 설기 된다.

○ 戌 + 酉 : 술토가 금을 제어한다.

○ 戌 + 戌 : 술토가 더해졌다.

○ 戌 + 亥 : 연탄불에 기름을 부은 격이다. 해묘미에는 목극토이다.

1.12 해(亥)에 다른 글자가 온 의미

○ 亥 + 子 : 물로 본다. 해 중 갑이 용신일 때 흉이다.

○ 亥 + 丑 : 씨앗에 얼음덩이가 온 거다.

○ 亥 + 寅 : 나무가 와서 합이다. 씨앗이 나무로 변한다.

○ 亥 + 卯 : 합이다. 나무로 변한다.

○ 亥 + 辰 : 황토가 왔다.

○ 亥 + 巳 : 충이다. 싸움은 안 된다. 노력 여하에 달렸다.

○ 亥 + 午 : 씨앗이 오월에 꽃핀다.

○ 亥 + 未 : 합이다. 나무로 변한다. 나무로 용신 합이 될 경우 양(陽) 일간
은 좋고 음(陰) 일간은 흉이다.

○ 亥 + 申 : 싸움이 안 된다. 보통이다.

○ 亥 + 酉 : 보통이나 해묘미 사유축 싸움은 흉이다.

○ 亥 + 戌 : 해중 임수 용신은 토극수로 흉이다. 파헤쳐진 흙에 씨앗을 못
심는다.

○ 亥 + 亥 : 더해졌다. 길하다.

2. 난강망(欄江網) 지지(地支) 대운(大運)론

지지(地支) 글자에 따른 대운(大運)별 오는 글자에서의 특징을 정리한다.

2.1 자(子) 대운(大運)

자(子)는 물에 해당하여 원국에 신자진(申子辰) 수국을 이루면 물이 많이 나온다. 물을 필요로 하는 사주 명은 길하나 필요 없는 명은 더욱더 환경이 흉하게 된다.

원국에서나 대운(大運)에서 금(金)과 수(水)가 많은 사람은 물이 많이 나오는 면이 있고 계절에 따라 길흉을 반복한다.

신(申) 중 임(壬)수 용신(用神) 자는 자(子)운에 물이 더 나와서 길하다. 신자(申子)로 길하게 작용한다. 이때 원국에 오술미(午戌未)가 없는 자(子)운은 명예가 상승하고 승진운이며 길하나 돈 부채에 허덕이고 내 집 갖고 살기는 어려운 환경이 되니 삶의 조화는 묘하다.

계절로 사오(巳午)월에 수(水) 용신(用神) 자는 길하고 진(辰)중 계(癸)수 용신(用神)자 역시 길하다.

오(午)월생에 해(亥) 중 임(壬)수 용신(用神) 자는 수용이 안 되어 흉하다. 해(亥)와 자(子)수는 서로 수용이 안 되는 연고이다.

원국에 신(申)금이 흉신(凶神)일 때 자(子)수 운은 길한데 자(子)수가 흉신(凶神)일 때는 미(未)토, 술(戌)토가 있어야 길하다.

자(子)월 오(午) 일지 용신자는 자(子) 대운 신(申)년 유(酉)년이 오면 흉하다.

불이 꺼진다. 부도가 나거나 돈, 건강 흉하다.

상황 1)

	壬		
寅	申	亥	寅

인(寅)목 용신(用神)으로 인(寅) 중 병(丙)화 선용한다. 자(子) 운에 추운 겨울을 만났으니 초년에 고생하다가 인(寅)운에 대길하다.

해(亥)월생 자축 대운(大運) 원국에 오술미 없을 시 고생한다. 자(子)운 원국에 오술미 있는 자 길하게 작용한다. 어느 일간이든 인(寅) 오(午) 술(戌) 미(未) 모두 있으면 인물이 크고 일류대 합격한다.

상황 2)

午	子	辰	

자(子)운에 자오(子午) 충 되었다고 못 한다. 진(辰)토가 자(子)수를 담아 자오 (子午) 충 안 되고 모친 덕이 있다.

상황 3)

	甲		
辰	子	午	

진(辰)토 일지가 자(子)수를 담아 오(午)화를 못 끄게 한다. 진(辰)일지 용신(用神)이라 아내 덕이 있고, 이혼해 달라고 해도 안 해 준다.

상황 4)

酉	午	酉	戌

자(子)운에 용신(用神) 오(午)화를 치지 못한다. 오(午)화가 유(酉)금을 잡아서 자(子)수가 오(午)화를 치려면 자(子)수의 모(母) 유(酉)금을 오(午)화가 친다. 자(子)운도 길하게 작용한다. 인질극 형상이다.

상황 5)

寅	申	未	

인(寅)목이 용신(用神)으로 자(子) 대운(大運)은 길하다. 해(亥) 대운(大運)은 해미(亥未) 합으로 더 치라고 쳐낸다. 흉하다.

상황 6)

戌	酉	申	午

오(午)화 용신(用神)으로 자(子) 대운(大運)은 공협에 미(未) 토가 있어서 오(午)

화를 못 친다.

2.2 축(丑) 대운(大運)

축(丑)토는 토(土)이긴 하나 얼음덩어리 토(土)로 생물을 키우지 못한다. 따라서 물이 필요로 하는 여름철에는 긴요하게 사용한다. 추운 계절에는 더 얼리게 한다.

여자 경(庚)금 용신(用神)자, 신(辛)금이 있으면 경(庚)금 고장(庫藏)이 들어가고 다른 남자를 본다. 신(申) 중 임(壬)수 용신(用神)자도 신(申)금 고장(庫藏) 들어가고 유(酉) 글자가 있으면 역시 다른 남자를 만난다.

축(丑) 대운(大運)에 금(金) 고장(庫藏)인 경우, 남편이 사망하거나 여자가 힘들어진다. 별거 또는 직업을 갖거나 이별을 경험하게 된다.

천간 병(丙)화 용신(用神)에 무(戊)토 용신(用神)자 오(午)화가 있으면 축(丑)운에 오(午)화가 고장(庫藏) 들어가 다른 배우자 만난다.

자(子)월생은 축(丑) 운에 자축(子丑)으로 얼려서 보통 운이다. 천간 계(癸)수 용신(用神)자 정축(丁丑) 대운(大運)에 용신(用神) 계(癸)수가 정(丁)화를 끄고 계(癸)수의 뿌리인 축(丑)토가 와서 왕(旺) 하니 경제력 길하고 사업 번창한다.

미(未)월생인 경우, 축(丑) 대운(大運)이 와도 미(未)토가 이겨서 경제력 길하고 세받아 먹고 산다.

인(寅)월생 병(丙)화 용신(用神)자, 축(丑) 대운(大運)은 신학 역학 공부를 하며 치사한 꼴을 당한다.

인(寅)목 옆에 오미(午未)가 있으면 편하게 먹고산다.

미(未)토 용신(用神)자 축(丑)운에 대발하는 경우 많다. 미(未) 토는 축(丑)토에 고장(庫藏) 안 들어간다.

미(未) 중 을(乙)목 용신(用神)자는 축(丑)운에 흉하고 술(戌)일지 축(丑) 대운(大運)에 본인이 아내를 속 썩인다. 축(丑)은 술(戌)토를 끄는 글자이다.

경(庚)금 있고 병(丙)화 용신(用神)자 축(丑)운에 흉신(凶神) 경(庚)금이 고장(庫藏) 들어가서 크게 활동은 못 하나 길하다.

인신(寅申) 충 된 자, 축(丑) 대운은 흉신 신(申)금이 고장이라 보통운은 되나 인(寅)목은 얼어 큰 발전은 못 된다.

상황 1)

	子	未	

축(丑) 대운(大運)의 자(子)수 용신(用神)자 축(丑)토에 맞아 길할 게 없다. 원국에서 미(未)토에 맞은 데 또 맞으니 흉하다.

상황 2)

	卯	酉	

금목(金木) 상전(相戰)으로 축(丑) 대운(大運) 흉하고 부부 문제로 이별수 많다.

	卯	酉	午

일지 월지의 충(沖)은 부부 문제가 있어서 멀어지는 경우는 있으나 떨어져 살다가 다시 합하고 넘어간다. 오(午)화가 제어한 연유다.

상황 4)

	寅	巳	寅

인(寅)목 용신(用神)으로 축(丑)토운 중에 미(未)년 사망수다. 교통사고가 많이 발생한다. 축미(丑未) 충(沖)은 고장(庫藏)이 열리니 대흉하다.

2.3 인(寅) 대운(大運)

갑병무(甲丙戊) 용신자 인(寅)운 큰소리 치고 인기가 있는 대운이다. 바쁘게 생활하며 희망과 꿈이 있는 대운이다.

갑병무(甲丙戊)의 뿌리가 인(寅)목이다. 인(寅)목은 어린 나무이긴 하나 자(子)수 물을 빨아먹어 자(子)수가 흉신(凶神)일 때 길하게 작용한다. 따라서 사오미월 자(子)수 선용자는 인(寅) 운에 흉하다.

원국의 인(寅)목을 받을 글자, 즉 진(辰)토가 있는 자 길하고 큰소리치는 운이다. 인(寅) 중 병(丙)화 용신(用神)자 인(寅)운에 결혼하고 오(午)월 정(丁)화 일주

인(寅) 대운(大運)은 대다수 길하다.

병(丙)화 용신(用神)자 남자는 화자목처(火子木妻)라 여자가 많이 따르고 돈 있는 여자 만난다. 정(丁)화 용신(用神) 자는 해자축(亥子丑) 년에 결혼한 남자 헤어지고 젊은 사람과 연애한다. 인(寅)운이 오니 병(丙)화 남자가 온 연유다. 왜? 어린 남자인가? 인(寅)은 어린 글자이다.

대부분 인(寅)운에 오(午)화 용신자는 용신이 강해져 길한 운이다.

사목(死木)에 오(午)화나 술(戌)토 있는 자는 대흉하다. 사망수다. 인오술로 불이 나서 사목이 타 버린다.

상황 1)

	丙		
	戌	辰	卯

남자 일지 합으로 용신(用神)이 비견이라 술(戌)토가 흉한 기질을 발휘한다. 인묘(寅卯)가 올 때 술(戌)토는 태워 먹는다. 흉하다. 부인 글자에 합이 들어와서 인(寅) 중 병(丙) 화를 태우니 부인이 속 썩이는 운이다.

상황 2)

	癸		
	丑	午	

축(丑)토가 인(寅) 운에 썩으니 배우자가 기피한다. 사목(死木) 용신(用神)자 인(寅) 대운(大運)에 대흉하다. 원국에 오(午)나 술(戌)이 있을 때 타 버린다.

상황 3)

	酉	巳	寅

선을 많이 보지만 일지에 막혀 수용하지 못한다. 결혼 못 한다. 목(木) 대운(大運)에 지물포, 도배업, 나이 어린 사람을 좋아한다. 인(寅) 운에 선은 많이 보나 결혼은 못 하는 운이다.

상황 4)

寅	申	子	

인(寅) 중 병(丙)화 용신(用神), 무(戊)토 용신(用神)으로 자(子) 월에 인(寅) 운이 오면 길하다.

상황 5)

	子	未	

미(未)월에 자(子)수가 길한데 인(寅)목 운이 오면 물을 빨아들여서 흉하다.

상황 6)

			甲
		丑	辰

인(寅)운이 와도 원국에서 받아먹지 못한다. 진(辰)토가 축(丑)토에 상해 나무가 자랄 수가 없다. 그래도 용신(用神)은 반은 수용되니 반흉반길이다.

상황 7)

	乙	甲	
		申	午

갑(甲)목 용신(用神)으로 인(寅) 대운(大運)에 갑(甲)목이 내려와 용신(用神)과 합해서 본인 몸을 태우니 신(申)금을 극(克) 하는 구조다. 본인 여자는 길하고 배우자는 흉하다.

상황 8)

	午	辰	

인(寅) 대운(大運)에 진(辰)토가 수용되어 길한데 진(辰)중 을(乙)목 용신(用神)자는 남자는 많지만 오(午)화 일지가 나무를 태워서 결혼이 잘 안 된다.

상황 9)

甲	甲		
	午	巳	

갑(甲)목 용신(用神)으로 인(寅) 대운(大運)에 오(午)화와 합해서 불을 내니 조열한데 더 태우니 배우자가 속 썩인다. 여자 명은 남편이 바람피우고 일간과 합하여 흉신(凶神)을 생한다.

2.4 묘(卯) 대운(大運)

묘(卯)는 나무지만 물기가 많은 나무라 습한 기운이 있다. 따라서 불기운을 내는 나무로 사용하지 못한다. 인(寅)목이 오(午)화에 탄 경우에는 불을 꺼 주니 길하다.

토(土) 용신(用神) 여자 묘(卯) 대운(大運)에 이혼이 많다. 오(午)화 용신(用神)자는 되는 일이 없고 노력이 불발된다.

사목(死木)인 경우 원국에 해(亥)수 있는 자는 접 붙어 길하다.

인(寅) 중 병(丙)화 용신(用神)자 기르는 해(亥)월 신(申)일지는 묘(卯)운이 오면 금목 상전이 되어 사업 실패하고 가산을 탕진한다.

자(子)월 미(未)토 용신(用神)자 묘(卯)목이 오면 미(未)토를 극(克) 하는데 인(寅)목 대운(大運)에 사귀던 배우자와 이별수다. 그러나 양(陽) 일간이면서 다른 토(土)가 있으면 결혼이 가능하다.

천간 정(丁)화 용신(用神)자 묘(卯) 대운(大運)은 정(丁)화가 꺼지니 학업을 중단하고 직장과 결혼이 잘 안 된다.

인(寅)월생 묘(卯) 대운에서 어머니를 잃은 사람이 많다. 집안 망한 자 많다. 그러나 인신(寅申) 충(沖) 된 자는 길하다. 인(寅)이 오(午)나 술(戌)에 탄 자도 길하다. 묘(卯)가 해결해 준다.

오(午)화 용신자는 되는 일 없고 안정이 안 된다. 건강 흉하고 사망 가능하다.

상황 1)

丙	庚	壬	丁
子	午	寅	丑

병(丙)화 용신(用神)으로 오(午)화가 묘(卯) 대운(大運)에 꺼진다. 건강 나쁘고 공부 못한다.

상황 2)

	丙		
	辰	酉	卯

원국에서 묘(卯)목이 유(酉)금에 맞고 있는데 또 묘(卯)가 오니 더욱 흉하다.

상황 3)

	酉	亥	

공협 술(戌)토가 있는데 묘(卯)운에 해묘(亥卯) 합으로 술(戌) 토를 치니 협상

이 깨져 부부 이별하거나 별거한다.

상황 4)

卯	巳		

공협에 진(辰)토가 있는데 묘(卯)운에 진(辰)토를 더 치니 흉하다.

상황 5)

	乙	甲	庚
	일	申	午

기묘(己卯) 대운(大運) 천간의 갑(甲)목 용신(用神)이 쓰러지고 지지 용신(用神) 오(午)화가 묘(卯)목에 꺼진다. 배우자가 거의 죽게 되었다가 다시 살아난다.

상황 6)

辛	甲	庚	己
未	申	午	亥

신(申) 중 임(壬)수 용신(用神)자로 묘(卯) 대운(大運)은 흉하다. 묘신(卯申) 합으로 장이 파열되는 병이다. 일간 뿌리가 상하니 수술수다.

상황 7)

壬	甲	庚	己
申	子	午	亥

금수(金水) 용신(用神)으로 오(午)월에 물이 필요한데 오(午) 년에 시원한 아내를 잡아 결혼하고 일지를 시지에서 생(生)해 주니 덩치가 큰 여자이고 용신(用神) 뿌리가 튼튼해서 정신력도 강하다. 묘(卯)운에는 묘신(卯申) 합으로 자식을 유산하거나 흉하다.

상황 8)

	庚		
	辰	卯	申

진(辰)토 용신(用神)으로 묘신(卯申) 합으로 길하다. 묘(卯)운이 오면 별로이다. 진(辰)토를 먼저 치니 별로이고 유(酉)금이 오면 묘(卯)를 치고 길하다.

상황 9)

	午	亥	

오(午)화 용신(用神)으로 술(戌) 대운(大運)은 오(午)화가 설기(洩氣)되나 해(亥)가 물이라 술(戌) 대운(大運)에 길하고 묘(卯) 대운(大運)은 오(午)화에 꺼진 후에 합되어 흉하다.

상황 10)

子	卯	戌	卯

묘(卯)가 술(戌)토를 끄니 길하고 자(子)수에 묘(卯)가 생 받아 술(戌)토를 능히 끄니 길하지만 세운 신(申)년이 오면 방해받고 압력을 받아 흉하다. 그러나 먹고사는 데 지장이 없다.

2.5 진(辰) 대운(大運)

진(辰)토는 물기를 담은 황토에 해당한다. 천간 임(壬)수 용신(用神)자 진(辰) 운에 고장(庫藏) 들어가고 계(癸)수 자(子)수 있으면 다른 배우자 만난다.

술(戌)토 용신(用神)자는 충(沖)으로 흉하고 인묘(寅卯)목이 있는 자는 이동수가 있고 길하다.

축(丑)이 있는 인묘(寅卯)목 있는 자는 진(辰)운에 새로운 황토를 만나니 썩은 것을 개조하고 부패 척결하듯이 환경이 새롭다.

임(壬)수 용신(用神)자와 인(寅) 중 병(丙)화 용신(用神)자는 진(辰)운에 외국에 나가는 운이다.

자(子)수 흉신(凶神)자는 진(辰) 운에 자(子)수를 담으니 길하고 신사(申巳)가 있을 때 금(金)을 생하니 흉하다.

인(寅) 중 병(丙)화 용신(用神)자 진(辰) 대운(大運)은 재물을 축재(蓄財)하는 운인데 원국에 진(辰)토가 있다면 완전 축재(蓄財)운이요, 없다면 재물을 쫓다가 만다. 욕심만 있고 결실은 없다.

남자 명 목(木) 용신(用神)자는 목자수처(木子水妻)에 해당하는데 진(辰) 대운
(大運)은 아내와 별거하거나 이별수가 있다. 수처 아내가 고장운이다.

상황 1)

甲	戊	庚	壬
寅	申	戌	午

경(庚)금 용신(用神)으로 진(辰)이 올 때 뿌리가 충(沖) 되어 건강이 흉하다.
신(申)금을 생해서 경제력은 길하다.

상황 2)

	乙		
卯	卯	寅	卯

인(寅) 중 병(丙)화 용신(用神)으로 남자는 화자목처(火子木妻)에 해당한다. 여
자는 화부수자(火夫水子)라 묘(卯)에 인(寅)목이 시달리는데 진(辰)운에 좋은 환
경이 왔다고 나간다. 용신(用神)이 나가는데 가출수나 사망수가 있다.

상황 3)

寅	申	亥	

인(寅) 중 병(丙)화 용신(用神)으로 신(申)금에 인(寅)목이 극(克)을 맞는데 진(辰)

운에 기름진 땅이 오니 가출한다.

상황 4)

卯	巳	丑	辰

진(辰)토는 내부에서 흉하고 외부에서 길하니 반흉반길이다.

상황 5)

	亥	午	

진(辰)운에 배우자 진(辰)토 왔다고 가출한다. 타고 있던 해(亥)가 진(辰)토 시원한 것이 왔다고 나간다.

상황 6)

	卯	午	

진(辰)토 운에 나무는 황토가 오니 심으러 나간다. 배우자 가출 외도 발생한다.

상황 7)

		子	戌

술(戌)토 용신(用神)으로 진(辰)운은 월지 자(子)수를 담아 주어 길하다.

상황 8)

	申	寅	

인(寅)목 용신(用神)으로 진(辰) 대운(大運)시 흉하고 묘(卯) 대운(大運)시 길하고 오(午) 대운(大運)시 협상으로 길하다.

2.6 사(巳) 대운(大運)

사(巳)는 화(火)나 금(金)으로 변화되는 인자를 보유한 글자이다. 경(庚)금이 흉신(凶神)인 자, 사(巳) 대운(大運)은 흉하다.

투쟁 게으름 운동권 활동을 한다.

원국에 갑(甲)과 병(丙)화가 있고 인(寅)목이 있으니 좋은 환경으로 무엇이든 이루어진다고 생각하지만 사(巳) 대운(大運)은 이루어지지 않는다.

목(木) 용신(用神)에 경(庚)금이 천간에 나온 자, 사(巳) 대운(大運)에 성질이 흉폭하게 되고 완고하며 우직, 정당성이 없는 행동을 한다.

천간의 임(壬)수 용신(用神)자는 사(巳) 대운(大運)에 길하게 되고 결혼이나 직장이 좋다. 년과 월에 진(辰)토 용신(用神)자는 조상 덕에 견디나 자신은 별거 아니다. 실제 소득이 없다.

신(申)금 용신(用神)자 사(巳) 대운(大運) 길하다. 신(申) 중 임(壬)수 용신(用神) 자도 길하다.

술(戌)토 용신(用神)자는 사(巳) 대운(大運)에 좋다고 하지만 흉하다. 묘(卯)목 용신(用神)자는 사(巳)운에 나무를 나눠야 하니 흉하다.

병(丙)화 용신(用神)자 사(巳) 대운(大運)은 록(祿)운에 해당하니 뿌리가 있는 것과 같다. 길하지만 사유축(巳酉丑) 합 운이 올 때 망한다.

인(寅)월생에 기르는 일간은 사(巳) 대운(大運)이 대부분 흉하다.

인묘(寅卯) 목(木) 용신자는 사(巳) 대운이 흉한데 세운이 진(辰)토, 오(午)화, 미(未)토년이 오면 길하다.

상황 1)

壬	癸	丁	己
子	卯	丑	丑

묘(卯)목 용신(用神)으로 사(巳) 대운(大運)에 사(巳) 중 경(庚) 금이 기가 강하여 사축(巳丑) 합에도 설기(洩氣)가 안 된다. 신상에 이혼수가 있다.

상황 2)

寅	酉	寅	辰

사(巳) 대운(大運)에 일지 합으로 용신(用神)을 치니 관재구설, 돈 손재운, 특히 사유축(巳酉丑) 합 년에 더 흉하다. 진(辰)토 용신(用神)으로 사축(巳丑) 합으로 인(寅)목을 치니 여자로 망한다. 오미(午未)년에 유(酉)금을 제어하니 결혼이 가능하고 길하다.

상황 3)

午	申	寅	

오(午)화가 신(申)금을 눌러서 사(巳) 대운(大運)에도 이혼이 안 된다.

상황 4)

		卯	辰

부모덕에 사는데 일지 흉이면 되는 일 없고 사(巳) 대운(大運)에 부모 돈 까먹고 흉하다.

상황 5)

	庚	辛	丁
	申	亥	亥

정(丁)화 용신(用神)으로 해(亥) 중 갑(甲)목은 정(丁)화의 보급로에 해당한다.

신(申)금 일지에 목(木)이 상했는데 사(巳) 대운(大運)에 신(申)금이 왕(旺) 해지니 흉하다.

상황 6)

	辛	壬	
	丑	申	

사(巳)운은 사(巳) 중 경(庚)금이 일지로 합이 들어오니 유부남이 들어온다. 특히 기사(己巳)년에 임(壬)수 용신(用神)으로 축(丑)일지는 남자 얼굴이 잘생겼으나 임(壬)수가 탁수 된 것으로 쓸모없는 사람을 만난다.

상황 7)

	乙	甲	庚
	未	申	午

사(巳)운에 흉신(凶神) 신(申)금이 더 왕(旺) 해지고 오(午)화 힘이 빠지니 기신들만 들끓는다. 배우자가 죽거나 이별수다. 오(午)화는 사(巳)화가 오면 힘이 빠진다. 신(申)금을 누를 힘이 없다.

2.7 오(午) 대운(大運)

오(午)화는 심지가 필요로 하는 불이다. 원국에 인술(寅戌)이 있는 자는 신학, 철학, 역학 공부를 하는 경우가 많다.

갑(甲)목과 병(丙)화 인(寅)목이 있는 자 된다고 해도 안 된다. 진(辰)년에야 이루어진다. 인묘(寅卯)월생 저혈압인데 오(午)운에는 못 느낀다.

기(己)토 용신(用神)자는 오술미(午戌未) 운에 배우자 들어온다. 오술미(午戌未) 일지일 경우 더 강하다.

토(土) 용신(用神)자는 배우자가 많이 따른다. 기르는 일간은 별로이나 안 기르는 일간은 유익하다.

흉신(凶神) 신(申)금을 일지 시에서 누르는 오(午)화는 바람피운다. 돈 보고 결혼하는 경우가 많다.

임오(壬午)년 임오(壬午) 대운(大運) 병(丙)화 오(午)화가 있을 때 헤어진 첫 남자 만나는 운이다.

시지 술(戌)토 용신(用神) 여자는 남의 남자 넘보고 섬기는 경우다.

용신(用神)이 왕(旺) 하여 기르는 일간을 제외하고 남자 섬기면 돈이 들어온다.

오(午)화 용신(用神)시 묘미(卯未) 인미(寅未) 해미(亥未) 두 글자가 있으면 돈이 들어온다.

신자진(申子辰) 있을 시 오(午) 대운(大運)은 이동수 많다. 인오술(寅午戌) 있을 시 신자진(申子辰)년에 이동수다.

원국에 신(申)금이 있을 때 상(賞) 받는 운이다. 서로 수용되는 연유다.

자(子)수 일지는 오(午) 대운(大運)에 흉하고 부부 관계 흉하다.

사목(死木) 용신(用神)자는 오(午) 대운(大運)에 썩으니 흉하고 금(金)이 많은 원국은 원국에서 이기지 못할 때 얻어맞는 운이다.

진(辰) 중 을(乙)목 용신(用神) 자는 오(午)운에 생지로 길하다.

묘(卯)목 용신(用神)자도 개화되어 길하다. 해(亥)수 있는 사목(死木) 용신(用神)

자는 접 붙어 보통 운은 된다.

해묘미 세 글자 중 두 글자 있는 자, 오(午)화운은 길하고 돈이 들어온다.

상황 1)

巳	卯	辰	

묘(卯)목 용신(用神)으로 오(午) 대운(大運)에 묘(卯)목이 꽃이 핀다. 진(辰)토에 나무를 심어 놔서 꽃이 핀다. 경제력 길하다.

상황 2)

丁	己	丁	甲
卯	巳	丑	辰

정(丁)화 용신(用神)으로 임오(壬午) 대운(大運)에 합 되어 목으로 변해서 태워 버린다.

정임(丁壬) 합으로 흉할 듯하나 오(午)화는 여름 운에 정(丁)이 필요 없다. 따라서 길하다. 축(丑)월은 목화(木火) 용신(用神)이다.

상황 3)

	庚		
	申	戌	未

신(申) 중 임(壬)수 용신(用神)으로 오(午) 대운(大運)에 수자금처(水子金妻)로 고민한다. 용신(用神)에 관운으로 아내 문제로 걱정을 한다. 오(午)화와 술(戌)토로 신(申)금을 치니 부인 고집에 속이 상하고 방황한다.

상황 4)

		辛	壬	
			申	

오(午) 대운(大運)에 신(申) 중 임(壬)수를 치면 천간 임(壬)수 용신이라 물이 솟구치면서 대발이다.

상황 5)

午	子	辰	

오(午)화 운은 길하다. 오(午)년 오(午)월 오(午)일 길(吉)하다. 자(子)수를 진(辰)이 담아서 그렇다.

상황 6)

		丙	
午	戌	寅	

오(午)운은 대길하다. 인(寅)목을 태우는 최 흉신(凶神)을 술(戌)토가 원국에

있어서 무난하다. 삼합의 순서를 보라. 순서에 강약이 있다.

2.8 미(未) 대운(大運)

미(未)토는 깨알 같은 흙이 강하게 뭉친 흙이다. 따라서 진(辰)토는 미(未)토
가 오면 찢어진다.

미(未)토는 나무를 고장(庫藏) 들어가게 하고 차가운 물을 막아 주는 성정으
로 추운 겨울도 이겨 내게 하는 힘이 있다.

미(未)월생 축(丑)토가 있을 시 헤어진 남자 만나 결혼하는 운이다.

축미(丑未) 충으로 양(陽) 일간인 경우 갑(甲)목이 인(寅)목이 되어서 길하다.

신미(辛未)운에 정(丁)화 용신(用神)자는 관재수 있으나 미(未) 중 정(丁)화가
있어 돈을 주면 해결은 된다.

천간 글자를 세운에서 극(克) 하면 관재수가 있으나 용신(用神)의 뿌리가 있
으면 돈으로 해결 가능하다. 다른 글자와의 관계도 이러한 이치로 보면 된다.

여자 인(寅)목 용신(用神)자는 고장(庫藏) 들어가고 년월 인(寅)목 용신(用神)자
특히 초년에 고장(庫藏) 들어가니 남편이 고장(庫藏) 되고 해(亥)수가 있으면 접
붙어 해미(亥未) 목(木)이 되어 음(陰) 일간은 편부가 되니 딴 남자 만나고 돈도
된다.

기르지 않는 일간이라도 인(寅)목 용신이면서 해(亥)가 원국에 있으면 미
(未) 대운 접이 붙는 대운이라 길하다. 원국 묘(卯)는 접이 안 붙는다.

정(丁)화 용신 여자 명인 경우, 미(未) 대운 미(未) 중 정(丁)화가 있어 돈이 들
어온다.

상황 1)

戌	酉	亥	子

해미(亥未)로 목으로 변해 술(戌)토를 치니 흉하다. 협상도 깨지고 해월 자
(子)수가 더 있으면 유(酉)금 일지가 이겨도 유(酉)금의 어머니인 술(戌)토가 맞
으니 흉하다. 이혼 가능수다.

상황 2)

戌	酉	子	

미(未) 대운(大運)에 이혼이 안 된다.

상황 3)

	子	未	

수목 용신(用神)에 미(未)토가 자(子)수 치면 또 치니 미(未)년에 흉하다.

상황 4)

辰	亥	午	未

진(辰)토는 해미(亥未)로 진(辰)토를 치니 자식이 유산되거나, 있는 자식 잃는다. 오(午)월은 해미(亥未) 목국으로 목생화(木生火) 되어 가정이 불안하고 불조심해야 한다.

상황 5)

		甲	
	卯	辰	

묘미(卯未)로 진(辰)토를 치니 가정이 불안하고 아내와 이혼수가 많다.

상황 6)

		庚	
寅	卯	辰	

미(未) 대운(大運) 갑(甲)목 용신(用神)과 인(寅)목 용신(用神)자 묘미(卯未) 목극토(木克土)로 이혼, 별거, 가정 불안이다.

상황 7)

申	卯	戌	

묘(卯)목이 술(戌)에 타고 신(申)금에 맞는데 미(未)년 미(未) 토운에 여자 들어오고 일지 용신(用神)이라 나보다 더 똑똑한 여자이다. 시지에 극(克) 맞아 부

부 사이 흉하고 직장 생활 하거나 가출한다. 외도, 외출이 잦다.

상황 8)

巳	卯	辰	

묘(卯)목 용신(用神)이면 묘미(卯未) 합으로 진(辰)토에 심겨서 경제력 길하다.
목(木) 용신(用神)이 내부 진(辰)에 심기니 돈은 되나 부부 불화 가능하고 고부
갈등 심하다.

상황 9)

		丙	
	寅	子	亥

인(寅) 중 무(戊)토 용신(用神)으로 미(未) 대운(大運)에 자미(子未)토로 외부에
심는 것이다. 사업으로 폭삭 망한다. 인(寅)목이 고장(庫藏)인 이유이다.

상황 10)

辛	丁	戊	辛
丑	丑	戌	丑

술(戌) 중 정(丁)화 용신(用神)으로 화(火) 용신(用神)은 원신이 있어야 하는데
축미(丑未) 충으로 불씨 살아나 길하다.

상황 11)

壬	戊	癸	壬
子	午	卯	辰

진(辰)토 용신(用神)으로 자오(子午) 충 된 자(子)수를 눌러 아내 궁 안정되나 묘미(卯未) 합으로 용신(用神)을 치니 건강 문제 돈 문제로 대흉하다. 아내에게 흉인 자(子)수는 눌러서 아내는 괜찮다.

상황 12)

申	寅	戌	

인(寅)목 용신(用神)으로 미(未) 대운(大運)에 배우자 사망수다. 오(午) 대운(大運)은 신(申)금을 제어하고 합 되어 결혼한다. 사(巳) 대운(大運)에 다시 이혼하고 진(辰) 대운(大運) 다시 사귀려는데 주거 불안으로 수용 안 되고 힘들다.

2.9 신(申) 대운(大運)

신(申)금은 물을 가진 파이프에 해당하는 글자이다. 오(午) 월생은 신(申)금운에 길하고 원국에 신자축진 중 한 글자가 있어야 꿈을 성취하고 신(申) 대운(大運) 중에 세운 신자진년이면 결혼하고 호강한다.

물을 필요로 하는 운에서 길한데 신(申) 중 임(壬)수가 있어 시원하다. 오(午)화 없는 신(申)금운은 성질이 난폭하고 냉정하다. 단 해자월생은 제외하는데 해자월에 신(申)금이 빠지는 연유다.

신(申)금운에 원국에 인신자(寅申子) 중 두 글자가 있으면 관재구설로 흉하고 여자 토부목자(土夫木子)인 경우 목(木)의 절지에 해당하는 신유술 운에 아들 낳기 어렵다.

토(土) 용신(用神) 자는 신(申)금운이 힘든데 묘(卯)월에는 길하다. 흉신(凶神) 신(申)금과 묘(卯)가 합하여 토(土)가 산다.

인(寅)목 용신(用神)은 신(申)운에 마음이 산란하고 심리적 동요가 일어나고 변동운인데 오(午)화가 흉신(凶神)이라 막아 주면 상(賞) 받는 변동이 일어난다.

원국에 자(子)수 용신(用神)자는 길하고 신(申) 중 임(壬)수 용신(用神)자도 길하다.

해자월의 임신일, 경신일은 일지 신(申)금 중 경(庚)금 임(壬)수가 뿌리인데 원국에서 같이 빠져 주는 성향으로 남편은 힘이 없다. 과부 지운이다. 설사도 심하고 병약한데 오술미가 있어야 잘 안 빠진다.

자(子)월의 오(午)화 일지는 신(申)금운에 흉하다. 물이 더해져서 오(午)화를 끈다.

지지(地支) 목(木) 용신(用神)자 신(申)금운은 흉한데 원국에 오(午)화가 없으면 더 냉정하고 우기는 성향이 강하다.

천간 병(丙)화 용신(用神)자는 신(申)금 대운(大運)에 질병이 있고 실패운이다. 가을에 병(丙)화는 할 일 없이 끝나는 개념이다. 지지(地支)에 오(午)화가 있어야 길하다. 가을에 기르지 못하는 가을물 개념이다.

기르는 일간 원국에 인(寅) 진(辰)이 있고 운로가 순(順) 행자는 신(申) 대운 가을걷이로 경제력은 좋은데 건강은 흉하다.

상황 1)

庚	丁	癸	戊
戌	酉	亥	子

남편은 무(戊)토이고 착한 사람이다. 계수를 제거하고 착하고 성실하다. 술(戌)토 용신(用神)은 신(申)금 대운(大運)에 설기(洩氣)만 하고 오히려 해자(亥子) 수를 생해서 흉하다.

상황 2)

巳	酉	未	未

미(未) 중 을(乙)목 용신(用神)으로 지지 금(金)운은 길하다. 신(申) 중 임(壬)수 가 있어 시원하다.

상황 3)

	申	卯	辰

진(辰)토 용신(用神)으로 묘(卯)를 잡아서 길하다. 신(申)금이 묘(卯)목을 잡아 서 길하다.

상황 4)

	辰	寅	

신(申)금이 인(寅)목을 치면 진(辰)토에 심겨서 강하게 칠 수 없는 구조이다. 결혼이 가능한 길운이다.

상황 5)

庚	丙		
寅	子	亥	

인(寅) 중 무(戊)토 용신(用神)으로 신(申) 금 대운(大運)은 먼저 인(寅)목을 친다. 그래서 해자(子亥)수에 빠지는데 무(戊)토 용신으로 본인은 별문제 없다고 하지만 아내가 도망갔다.

토자화처(土子火妻)에 인(寅)목과 신(申)금이 싸워서 아내와 이별수로 흉하다. 글자에 구조가 바뀌는 경우는 해자월에 먼저 빠지니 덜하다.

상황 6)

乙	甲	戊	己
亥	午	辰	亥

을(乙)목 용신(用神)으로 신(申)금 대운(大運)은 겁재가 무(戊) 토 기(己)토를 치니 공부를 잘한다. 오(午)화가 신(申)금을 제어해서 노력하여 돈 벌어다 주고

길하다. 나름대로 신(申)금을 오(午)화가 제어하려고 노력하는 연유이다.

상황 7)

	午	子	

자(子)수를 더 생(生) 하니 대흉하다. 부인이 사망하거나 달아난다. 건강이 흉하다.

상황 8)

	酉	午	

금(金) 일간이 아니면 신(申)금 대운(大運)이 길하다. 유(酉) 금이 신(申)금에 맞지만 큰 탈이 없다.

2.10 유(酉) 대운(大運)

유(酉)금은 천간에서 신(辛)금에 해당하는 금이다. 천간 정(丁)화 용신(用神)자 신유(辛酉) 대운(大運) 대발한다. 천간 지지 글자 모두 극(克) 해 이긴다.

신(申)금은 오(午)화가 있어야 길한데 유(酉)금은 오술미 한 글자만 있어도 길하다.

다른 상황은 신(申)금 상황과 비유하여 유추하길 바란다.

상황 1)

	戌	午	

화생토로 힘이 빠져서 유(酉)금을 극(克) 하지 못한다. 유(酉) 대운(大運) 보통
이다. 딸을 낳는다.

상황 2)

	酉	午	

원국에서 오(午)화에 일지 유(酉)금이 맞았는데 또 맞아 흉하다. 배우자 별
거운이다. 괴멸한다.

오술(午戌)운은 잿불이다. 불의 고장(庫藏)이라 연탄재가 꺼져서 유(酉)금을
녹일 힘이 없다.

상황 3)

	寅	午	巳

인오(寅午) 합은 승리한 것이고 사(巳)화는 패한 거다. 사유(巳酉) 금(金)이 되
나 왕(旺) 한 오(午)월에 극(克) 맞아 흉하다.

오(午)월생 유(酉)금운에 임(壬)수 용신(用神)자 흉하다. 금생수(金生水) 안 된다.

계(癸)수 용신(用神)에 자(子)수 용신(用神)은 길하다. 보통이다. 부부 생활 힘들어서 유(酉) 대운(大運) 이혼한다.

상황 4)

巳	卯	丑	

유(酉) 대운(大運)에 부인 완전히 나가 버린다. 일지 묘가 극(克) 당해 살수가 없다.

상황 5)

卯	丑	巳	

유(酉) 대운(大運)에 남편과 이별수다. 있다면 정부다. 첩 대운(大運)이다.

상황 6)

	酉	未	未

미(未) 중 을(乙)목 용신(用神)에 일지 금목상전이라 흉하다. 유(酉)금은 용신(用神)을 극(克) 한다.

상황 7)

丙	癸	己	己
辰	卯	卯	丑

여자, 순행에 진(辰)토는 길하고, 사(巳)화는 흉, 오(午)화 길, 미(未)토 흉, 신(申)금 보통, 유(酉)금은 길하다. 경제력이 있어 길하다.

상황 8)

	酉	辰	卯

유(酉) 대운(大運) 원국서 협상되어 길하다. 금목상전 할 때 진(辰)토가 가운데 있는 자만 협상이 된다.

상황 9)

甲	丁		
辰	未	巳	

유(酉) 대운(大運) 일지 미(未)토를 설기(洩氣)하여 길하다. 미(未)토는 진(辰)토를 극(克) 하는 흉신이다.

庚	壬	甲	
	子	戌	申

갑(甲)목 용신(用神)으로 술(戌)토가 유(酉) 금을 막아 준다고 하나 천간에 경(庚)금이 있으면 술(戌)토가 유(酉) 금을 못 막아서 흉하다.

상황 11)

	丁		
辰	未	巳	戌

진(辰) 중 을(乙)목 용신(用神)으로 미(未)토가 유(酉)금에 설기(洩氣) 되고 사유(巳酉)금으로 미(未)토가 설기(洩氣) 해 보통 운이다.

해묘미(亥卯未)년 올 때 금목상전 되어 진(辰)토에 다시 심겨 돈이 밖으로 나간다. 배우자가 외지에 투자, 진(辰)토가 미(未) 토에 맞은 것으로 흉(凶)해야 하나 기르지 않은 일간이라 상관없다.

기르는 일간일 견우 극(克) 맞을 시 기르는 의무를 다하지 못해 흉하다.

상황 12)

	丙		
	寅	巳	

유(酉) 대운(大運)에 인(寅)목을 때려 배우자를 싫어한다. 뿌리를 때려 미련

한 짓, 싫어한다. 남편 증오하는 운이다.

상황 13)

	酉	辰	卯

진(辰)토가 유(酉)금에 설기(洩氣)되고, 유(酉) 금이 묘(卯)목을 치는 형상이니 인질극이다. 안쪽에서 잡아서 극(克) 맞지 않아 길하다.

상황 14)

	酉	午	

유대운(大運)에 원국에서 오(午)화에 맞아 배우자 흉하다. 자기도 흉하다. 과부나 홀아비 되기 쉽고 혹 배우자 질병 크다.

2.11 술(戌) 대운(大運)

술(戌)토는 연탄재에 비유하는 토(土)이다. 목(木)을 만나면 불이 되고 추운 겨울이 되면 따뜻하게 해 주는 토(土)이다.

술(戌)토 용신(用神)자 병(丙)화는 명랑하나 젊음이 죽은 거나 다름없다. 술(戌)월 늦가을의 태양이기에 할 일이 없는 이유이다.

술(戌)토 용신(用神)자 여자에게는 나이 많은 남편이다. 가을, 겨울운에 특히 그렇다.

축(丑) 월생 갑병인정무오술미 없고 을(乙)목, 묘(卯)목 용신(用神)자는 거의 사망 운이다.

천간 병(丙)화 또는 무(戊)토 용신(用神)자는 흉하다. 을(乙) 목 용신(用神)자 남편과 이별하기 쉬우나 원국에 해(亥)나 묘(卯)가 있으면 죽지는 않는다.

일지에 묘(卯)가 있는 자 일지 고장(庫藏)으로 배우자가 나간다. 옆에 유(酉)금 사(巳) 화가 있으면 더 심하다.

원국에 진(辰)토가 있으면 나갔다가 다시 돌아온다. 좋은 황토가 있는 연유다.

인(寅)목 용신(用神)자는 불이 나서 흉하고 신(申) 중 임(壬)수 용신(用神) 자는 토생금(土生金)으로 길하다.

인(寅)목에 오(午)화 용신(用神) 자는 화생토(火生土)로 인(寅)목을 강하게 더 생(生)해 주며 술(戌)토는 꺼지는 것으로 오(午)화에게는 잿불 개념이다.

술(戌)토 용신(用神)자 술(戌) 대운(大運)은 고장(庫藏)으로 보고 이때 돈은 들어오지만 몸은 아프다.

상황 1)

甲	己	戊	
戌		辰	

술(戌) 대운(大運)에 사망한다. 갑(甲)목과 을(乙)목의 뿌리인 산이 밭을 덮친다. 기르는 일간 진술 충은 흉하다.

상황 2)

戊	戊	戊	戊
午	寅	午	戌

불이 난 산이다. 무(戊)토 선용하는데 술(戌) 대운(大運) 사망운이다.

상황 3)

丙	壬	乙	辛
午	辰	未	未

을(乙)목 용신(用神)으로 술(戌) 대운(大運) 용신(用神) 고장(庫藏)과 일지(日支) 충(沖)으로 사랑에 실패하고 남편, 아버지 사망에 이른다.

상황 4)

	丙		
	戌	寅	

겨울 대운(大運)시 길하다. 술(戌) 대운(大運) 일지에 인(寅)목이 타니 남자 문제로 속을 썩는다. 원국에 축(丑)토 세운에 미(未)토가 있으면 헤어졌던 남자 만난다.

상황 5)

乙	癸	乙	癸
卯	酉	丑	卯

을(乙)목 용신(用神)으로 술(戌) 대운(大運) 기사년 사망했다.

상황 6)

庚	乙	丁	己
辰	未	丑	亥

진(辰) 중 을(乙)목 용신(用神)으로 술(戌)토 운에 사망했다.

상황 7)

巳	卯	丑	

부인이 가출했다가 진(辰)이 있다고 다시 돌아왔다.

상황 8)

	寅	午	巳

인(寅)목이 목생화(木生火) 인오술 삼합으로 불이 왕(旺) 한데 갖은 고생하고

물이 부족하니 많은 남자와 관계하고 부부 해로가 어렵다.

상황 9)

未	子	午	

술(戌)운에 자(子)수가 없어진다. 과부지상이다. 남자는 복상사 가능한 운이다.

상황 10)

	酉	午	

원국에서 오(午)화가 유(酉)금을 완전히 누르는데, 술(戌)년이 오면 오술로 유(酉)금을 반은 생하고 반은 녹이니 홀아비운이다. 신(申)년, 진(辰)년 가끔 벌이가 괜찮다.

상황 11)

		乙	辛
		丑	

을(乙)목 용신(用神)이 신(申)금에 맞아 술(戌) 대운(大運) 고장(庫藏)이 오니 첫 남자 실패하고 반복한다.

상황 12)

	辰	未	

술(戌) 대운(大運)에 여자인 경우 자궁 수술이 많다.

2.12 해(亥) 대운(大運)

해(亥)는 묘(卯)나 미(未)를 만나면 목(木)으로 변화하는 글자이다. 씨앗에 해당하여 항상 열매를 맺는 성정이 있다. 그러나 오(午)월에는 물이라는 특성도 가진다.

술(戌)토 용신(用神) 자는 해(亥)운에 기름불로 대발한다. 오(午)화 용신(用神) 자도 기름이 오니 불이 나서 흉한다.

상황 1)

	子	未	

자(子)수 용신(用神)으로 미(未)토가 자(子)수를 극(克) 한다. 구조상 패자 용신(用神)인데 해(亥)운에 미(未)토 제거하니 사업 번창하고 수생목(水生木)으로 설기(洩氣) 되어 돈은 공짜는 안 되고 돈이 들어가야 길하게 된다.

상황 2)

		卯	辰

진(辰)토 용신(用神)으로 해(亥)운에 해묘(亥卯) 합으로 진(辰)토를 치니 흉하다.

상황 3)

	寅	未	

인(寅)목 용신(用神)으로 해(亥)운에 인해(寅亥) 합목으로 오(午)화 해에 결혼한다.

상황 4)

	丙		
	辰	酉	卯

묘(卯)목 용신(用神)으로 해(亥)운에 해묘(亥卯) 합으로 목(木)이 와서 금(金)에 극(克) 맞으니 흉하다. 기르는 병화 일간에 묘(卯)가 그 뿌리도 되는데 해묘(亥卯) 접 붙어도 또 맞으니 흉하다.

상황 5)

		巳	卯

　공협에 진(辰)토 용신(用神)으로 해(亥)운에 해묘(亥卯) 합으로 협상이 깨지니 집문서 부동산 문제 일어난다. 미(未)년에 대 흉하다.

상황 6)

巳	酉	未	

　해(亥)운은 금목상전 하는 운으로 묘(卯)년에 이혼하고 해(亥)운에 일지 유(酉)금을 누르는 오(午)화 운에 결혼한다. 목(木) 용신(用神)자 유(酉) 일지는 진오미(辰午未) 중 오(午)년에 결혼이 유력하다.

상황 7)

乙	戊		
卯	子		

　해(亥) 대운(大運) 미(未) 년에 남자 만나 신(申)년에 임신하며 묘신(卯申) 합으로 유산했다. 묘(卯)목 용신(用神)으로 해(亥)운 용신(用神) 합으로 남자 만나 바람피운다.

	壬		
	辰	未	

　미(未)토가 진(辰) 중 을(乙)목을 깨는데 해(亥) 대운(大運)은 해미(亥未)로 더 때린다. 경제력 성공하고 사업 성공하나 진(辰)토도 맞으니 자궁이 성병으로 탈이 날 수 있다. 토(土) 용신(用神)이면 해묘미(亥卯未) 운에 위장 소화기 흉하다.

사주명 원국 지지(地支) 글자에서 대운 환경과 세운에서 오는 글자 간의 관계를 보고 용신(用神)이 이겼는지 패했는지 판단하는 예를 소개한다. 용신(用神)이 승자여야 운이 와도 발전이 있고 패자일 때는 운이 와도 별로다.

지지(地支) 싸움에서 인생 운로가 결정되는 것이다. 상황별로 정리하였으니 참고하여 간명하는 데 도움이 되길 바란다. 각 상황 예는 해당 천간(天干) 지지(地支) 별로 연계해서 이해하기를 바란다.

상황 1)

子	申	午	

오(午)월에 자(子)수 용신(用神)을 사용하는데, 이는 원국에서 오(午)화가 신(申)금을 눌러서 용신(用神)의 원신이 죽은 거(死)다. 그러나 완전히 죽은 것은 아니고 반만 죽은 것으로 판단한다. 직접 극(克)을 맞는 것은 아니어서 완전히 패한 것은 아니다.

상황 2)

	子	午	

오(午)월에 자(子)수 용신(用神)을 사용하는데 신(申) 대운이 오면 용신(用神)이 왕(旺) 해져서 결혼하고 유(酉) 대운이 오면 화(火)가 용신(用神)의 모(母)인 유금을 극(克) 해서 이혼하고 이별한다. 원국에서는 용신(用神)이 승리한 것이며 인(寅) 대운이 오면 일지가 타들어 가니 부부 관계 못 하고 배우자가 불구가 되는 환경이 된다.

상황 3)

丑	戌	亥	

해(亥)월에 따뜻한 술(戌)토를 용신(用神)으로 하는데 축(丑) 토에 깨진 것이다. 사유축(巳酉丑)이 오면 길한 배우자가 되지 못한다.

상황 4)

酉	巳	丑	寅

축(丑)토는 인(寅)이 이긴다. 승리한 것으로 똑똑하고 길한 구조이다. 그러나 사유축 금국으로 이루어져서 귀(貴)는 있으나 부(富)는 없다.

축(丑)월 인(寅)목 용신이 길할 때는 일지에 사유(巳酉)가 없을 때이다.

상황 5)

	辰	申	未

신(申)월에 진(辰) 중 을(乙)목 용신(用神)인 경우가 많은데 미(未) 중 정(丁)화가 월지를 견제하는 구조이다. 해묘미(亥卯未)운이 오면 견제가 불가하여 용신(用神)이 패하는 결과가 된다.

상황 6)

酉	午	寅	

인(寅) 중 병(丙)화 용신(用神)이 많은데 오(午) 정(丁)화는 흉신이다. 여자의 경우 정(丁)화 편 남자로 유(酉)금을 제어하니 화류계나 화냥기가 있다.

상황 7)

	寅	戌	

인(寅)이 용신(用神)이면 해자축(亥子丑)운 길하고 축(丑) 대운에 더운데 차가운 운이 와서 결혼할 수다. 인(寅) 대운이 오면 더운데 또 더운 글자가 오니 죽겠다고 도망간다.

申	寅	戌	

　인(寅) 목이 용신(用神)으로 미(未) 대운에 남편이 신(申) 금에 극(克) 맞고 있는데 고장이 오니 사망한다. 오(午) 대운이 오면 신(申)금을 제련하고 합(合) 되어 재혼수다.

　사(巳) 대운이 오면 사(巳)중 경(庚)금으로 또 치니 다시 이혼한다. 진(辰) 대운이 오면 좋은 글자가 왔다고 다시 사귀고 싶은데 주거 불안으로 수용이 안 되어 이루지 못한다. 원국 용신(用神)이 신(申)금에 맞아 패자 용신(用神)이다.

상황 9)

	酉	子	戌

　술(戌)토 용신(用神)으로 오(午) 대운이 오면 술(戌)토를 생하여 길하다. 유(酉)금 흉이면 오(午)화가 해결하여 길하게 되며 아내 글자에 해당하니 아내가 해결하는 환경이다.

상황 10)

	辰	申	未

진(辰) 중 을(乙)목이 용신(用神)이면 술(戌) 대운은 용신(用神) 고장이고 해(亥) 대운이 오면 해미(亥未)목과 신(申)금이 싸우니 부모 분쟁사 또는 가택 분쟁사가 일어난다. 원국에서 미(未)토가 신(申)금을 눌러 환경은 길하나 운에서 목(木)으로 화(化)할 때 분쟁이 있는 부모 환경이다.

상황 11)

	庚		
	辰	卯	申

진(辰)토 용신(用神)으로 묘신(卯申) 합으로 길하고 유(酉)가 와도 길한데 묘(卯)운이 오면 용신(用神)을 먼저 치니 별로다.

상황 12)

寅	申	未	

인(寅)목이 용신(用神)으로 자(子)운은 흉을 잡아 길한데 해(亥) 대운이 오면 해미(亥未)로 더 치라고 쳐내니 흉하다.

상황 13)

		庚	
	子	申	戌

술(戌) 중 정(丁)화 용신(用神)으로 신(申) 금이 자(子)에 빠져 길하다. 유(酉)금 운은 경(庚) 금이 떠서 신(申)운보다 더 힘들다.

상황 14)

巳	午	子	

오(午)화 용신(用神)으로 원국에서 패했다. 유(酉)대운이 오면 사(巳)화로 막지 못해 힘들다. 신(申) 대운이 오면 자(子)수에 빠져 길하다.

상황 15)

	辰	子	寅

진(辰)토 용신(用神)으로 유(酉) 대운이 오면 공협에 축(丑) 토가 있어 인(寅)을 친다. 흉하다. 신(申) 대운은 용신(用神) 설기하여 흉하다.

상황 16)

酉	午	亥	

오(午)화 용신(用神)으로 자(子) 대운은 원국에서 대운의 모(母) 글자를 잡아서 충(冲)이 안 된다. 신(申)금 운이 오면 흉하다.

상황 17)

戌	酉	申	午

오(午)화 용신(用神)으로 월지와 수용 관계로 좋은 환경이다. 자(子) 대운에 공협 미(未)토가 있어 오(午)화를 못 친다. 그러나 다시 오(午)화 용신(用神)이 오면 술(戌)토에 설기되어 흉하다.

상황 18)

	卯	亥	午

오(午)화 용신(用神)으로 미(未)토 대운에는 설기되어 덜 길하다. 해묘운이 더 좋고 해(亥)는 수(水)이므로 오(午)화를 끈다.

상황 19)

午	寅	酉	

인(寅)목이 용신(用神)이고 사(巳) 대운 오면 사유(巳酉)로 치니 흉하다. 일지 용신(用神)에 해당하는 배우자도 흉하다. 기르는 일간이면 더 나쁘고 기르지 않는 일간이면 덜하다. 본인 책임 없는 것이다.

상황 20)

	酉	卯	戌

술(戌)토 용신(用神)이면 용신(用神)을 치는 묘(卯)를 유(酉)금 배우자 글자가 쳐 주니 배우자 덕이 있다. 흉신을 해결해 주는 아내다.

상황 21)

卯	申	巳	子

묘(卯)목이 용신(用神)이면 묘신(卯申) 합으로 패자 용신(用神)이다. 진(辰)토가 오면 길해야 하는데 패자 용신(用神)으로 신(申)금을 생해 주니 흉하다.

상황 22)

卯	酉	戌	

축(丑) 대운이 오면 술(戌)토가 진다. 온기가 꺼지는 것이다. 술(戌) 중 정(丁) 화 용신(用神)일 때 꺼진다. 묘(卯)목 용신(用神)일 때 유(酉) 대운은 술(戌)토가 눌러놔서 괜찮다. 묘(卯)목이 다치지 않아 패자는 아닌데 축(丑) 대운이 오면 월지 글자를 끄니 정(丁)화가 힘을 발휘하지 못해 유(酉) 금이 목(木)을 치는 것으로 패자로 변한다.

상황 23)

戌	子	午	

자(子)수가 용신(用神)이면 흉신이 주변에 있으니 버거운 싸움인데 신(申)금이 오면 길하다. 사(巳)화나 유(酉)는 생해 주지 못해 별로다. 이혼수다. 공협에 해(亥)수가 있어 술(戌)토에 완전히 졌다고 볼 수 없으나 불안정하다.

상황 24)

酉	子	午	

자(子)수 용신(用神)이면 월지가 강해도 지원군 유(酉)금이 있으니 해볼 만하다. 묘(卯)운이 와도 유(酉)금이 막아 주니 견디고 술(戌) 대운이 오면 술(戌)의 모(母) 오(午)화를 잡아 놓아 상관없다. 한 번 승자는 끝까지 승자다. 미(未) 대운도 길하나 해(亥)운이 오면 원신 힘을 빼니 흉하다.

상황 25)

申	卯	戌	

묘(卯)목 용신(用神)이면 술(戌)에 타고 신(申)금에 맞아서 패자다. 미(未) 대운이 오면 합 되고 신(申)에 맞아 술(戌)에 탔다가 반복을 하니 나감과 들어옴을

되풀이한다.

상황 26)

	未	寅	午

인(寅) 중 병(丙)화 용신(用神)이면 심지 못하고 탄 나무에 해당한다. 양쪽에서 태우고 배우자 덕이 없다.

자(子) 대운이 오면 자미(子未) 토로 인(寅)목을 심어서 배우자 대발한다. 축(丑) 대운이 와도 미(未)토가 이겨 길하고 오(午)화도 해결해 주어 길하다.

상황 27) 인(寅) 신(申)충을 해결하는 운

○ 진(辰) 대운이면 설기, 화해하여 무난하다.

○ 묘(卯) 대운이 오면 묘신 합을 해서 중간은 된다.

○ 해자축이 오면 신(申)금이 빠져 인목이 산다.

상황 28) 자(子)운이 오(午)화 용신 못 치는 경우

酉	午	亥	

오(午)화가 유금을 누르고 있는데 자(子)운이 오면 오화를 못 친다. 자오 충이 안 된다.

자운이 오화 용신 못 치는 경우로는

○ 오화 옆에 유금이 있을 때

○ 술토 미토가 옆에 있을 때

○ 오화 옆에 진토가 있을 때

○ 오화 옆에 축토가 있을 때도 못 친다.

상황 29)

戌	酉	申	午

오(午)화 용신으로 자(子) 운이 오더라도 시지의 술토가 자(子)수를 쳐서 용신을 치지 못한다. 이때 대운 자(子)수가 오(午)화를 위협은 하나 극(克)하지 못하는 개념으로 집안의 내분은 발생한다.

상황 30) 병(丙)화 용신이 임(壬)수가 좋은 경우

○ 경(庚)일 병(丙)화 용신일 때

○ 병(丙)일 병(丙)화 용신일 때

○ 신(辛)일 병(丙)화 용신일 때

그 이외는 수극화다.

상황 31) 병(丙)화 용신에 계(癸)운이 무난한 경우

○ 원국이나 대운에 무(戊) 기(己)토가 있을 때

○ 시간에 갑, 을이 있어 통관될 때

상황 32) 사목(死木)이 용신과 운 관계

○ 목(木) 용신이면 봄여름 운 흉하다. 건강 흉하고 고생한다.

○ 병(丙)화 무(戊)토 용신은 묘(卯)목, 진(辰)토 운에 돈은 벌지만 건강은 흉하다.

○ 오술미 용신은 가을, 겨울 대운에 건강이 길하고 경제력 좋다.

○ 사목(死木)은 봄여름 운으로 갈 때 지지에 오술미 한자라도 없으면 보통은 된다.

4. 난강망(欄江網) 전투론 승과 패 예

난강망(欄江網)에서 전투론은 천간(天干) 글자들 사이에서, 운에서 오는 글자와의 관계, 지지(地支) 글자들 사이에서, 지지(地支) 운에서 오는 글자 간의 상생, 상극, 합 충을 보고 이겼는지 용신이 졌는지, 패했는지 등을 보는 것이다. 이에 따른 전투 상황 예를 몇 가지 제시한다.

상황 1)

① 기토가 일간 계수를 치니 못 생겨야 하는데

② 기토 뿌리인 미토가 묘목에 극(克) 맞으니 못 생기지 않고

③ 일지도 오화를 끄는 묘목이라 용신으로 사용 착한 배우자가 되는데 묘미 합 되어 오화를 끄지 못하니 흉하다.

④ 경자 대운에 정화운이 오면 경은 임수를 생해 주는 길신인데 정화가 경금을 누르고 임수와 합하니 결과는 흉한 운이 된다.

상황 2)

己　　壬　　丁　　癸

① 계수가 흉 정화를 눌러 주는데 본인은 정임 합을 한다.

② 무토, 기토가 올 때 계수를 치고 본인은 정임 합으로 흉한 행동을 한다.

상황 3)

① 무신월 무토가 흉 임수를 치니 용신으로 사용한다.

② 무토의 뿌리 인목이 신금에 극(克) 맞으니 패자 용신이다.

상황 4)

① 병화 일간에 계수는 흉인데

② 기토 세운이 오면 계수를 쳐 주어야 하는데 신 대운에 힘이 빠져 못 친다.

상황 5)

庚　甲　甲　丁

① 시간 경금이 월간 갑목을 치려는데 정화가 제어 다스린다.

② 정화 때문에 경금이 갑목을 치지 못한다. 담력 있고 길하다.

상황 6)

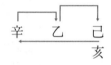

辛　乙　己
　　　　亥

① 을목 일간을 시간 신금이 친다.

② 신금의 모(母) 기토를 을목이 치니 신금이 을목 못 친다.

③ 이러한 상황을 인질극이라 한다. 약지만 영리한 사람이다.

상황 7)

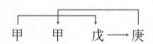

甲　甲　戊 ── 庚

① 시간 갑목이 무토를 치면

② 무토는 경금을 생하지 못하니

③ 무토는 경금의 모(母)라, 경금은 갑목을 치지 못한다. 갑목이 이긴 거다.

5. 난강망(欄江網) 통변 키노트

난강망(欄江網) 통변할 때 자세히 설명하지 못한 주요 키노트를 정리하니 참고 바란다.

○ 사(巳)월 원국에 신진축(申辰丑)이 있으면 나무를 선용(先用)하며 오술미 정(午戌未丁)이 있으면 물을 사용한다.

○ 신(辛) 일간이 임(壬)이 오면 좋은데 세운에게 갑(甲) 병(丙) 을(乙)을 주지 못하면 얻어먹기만 한다고 욕을 먹고 비난을 받는다. 세운에게 주고 받는 개념이 있는 것이 세상 이치다.

○ 세운이 올 때 원국에서 극(克) 하는 글자가 있으면 관재, 송사, 구설이 있는데 제어하는 글자가 있으면 무난하다.

○ 무(戊)토 용신자가 지지(地支)에 술(戌)토가 있고 임(壬)이 없는 자는 진(辰) 대운에 충이 안 된다. 임(壬)이 있다면 우선 임(壬)수를 고장시킨다.

○ 무(戊)토 용신자가 지지(地支)에 술(戌)토가 없으면 인(寅) 진(辰) 대운은 길하다.

○ 천간 무(戊)토 용신이 지지(地支)에 차용으로 오(午)화나 인(寅)이 없을 때, 진(辰) 대운은 차용이 설기되어 보통이다.

○ 지지(地支) 술(戌)토 용신자, 사(巳) 대운은 길할 듯한데 신유축(申酉丑)이 옆에 있으면 금이 왕 해져서 용신을 설기해 흉하다.

○ 술(戌)토가 유(酉)금을 이긴다 하나 천간에 경(庚)금이 있으면 유(酉)금이 와도 누르지 못한다. 이때 옆에 인(寅)목이 있으면 능히 누른다.

○ 병(丙) 경(庚) 신(辛) 일간에 천간 병(丙)화 용신이 임(壬)수운이 오면 길하다. 다른 일간의 경우는 수극화(水克火)로 흉하다.

○ 정(丁)운이 올 때 원국의 경(庚) 신(辛)금을 누르지 못한 경우는 기(己)토 대운이다.

○ 을(乙)목 일간이 갑(甲) 있으면 미(未) 대운이 오면 갑(甲) 고장이 들어가는데 일간도 같이 들어가서 흉하다.

○ 을(乙) 목이 병(丙)화 보고 있을 때 갑(甲) 대운이 오면 태양을 가려서 흉하다.

○ 사목(死木) 용신은 미(未) 대운에 고장 안 들어간다. 한번 죽은 나무가 다시 죽을 순 없다.

○ 오(午)월 생에 사(巳) 대운은 일반적으로 길하다.

○ 진(辰)월생은 일반적으로 나무를 사용하는데 천간에 병(丙)화가 나오면 태양을 선용한다.

○ 오(午)월 정(丁)화 용신을 잡는 기준은 경(庚) 신(辛)금이 먼저이고 없으면 토(土)를 잡는다. 토(土) 없을 때는 목(木)을 사용한다.

○ 사(巳)월에는 모든 일간에 천간 정(丁)화가 있으면 자(子)수 선용하고 오(午)나 미(未)가 년 일에 더 있으면 물을 선용한다.

○ 진(辰)토는 술(戌)토에 지고, 술(戌)토는 축(丑)토에 지고 축(丑)토는 미(未)토에 진다.

○ 술(戌)토 용신은 진(辰) 대운에 천간 무(戊)토가 없어도 충이 되나 옆에 자(子)수가 있으면 합이 먼저 물을 담아 보통 운이다.

○ 자(子) 운에 오술미 세 글자 있는 자는 길하다. 어떤 일간이든지 인오술미 모두 있으면 일류대나 큰 인물이다.

○ 병(丙)화 용신자 술(戌) 대운에 정(丁)화 있으면 고장 안 들어가고 직업 바꾸며 변화 개혁하는 운이다.

○ 가을 국화는 운이 어디로 가든 대부분 과부가 많다.

○ 겨울운일 때 원국에 오술미 한자도 없으면 대부분 할 일이 없고 게으르다.

○ 원국에서 겨울 태생이거나 대운에서 겨울 운이 올 때 오술미 한자도 없으면 거지나 마찬가지다.

○ 일지(日支)에서 용신을 사용하는 자 부부(夫婦)사이 좋고 서로 존경하며 산다. 단, 승자여야 한다.

난강망(欄江網) 이론과
재관인설(財官印說) 명리의 융합론

1. 서론

재관인설(財官印說)로 사주 명리를 배우는 분들이 대다수임을 고려할 때, 난강망(欄江網) 이론을 접한 분들은 쉽게 받아들이지 못하는 경험을 할 것이다.

재관인설(財官印說)로 명리 공부를 하다 보면 쉽게 느껴지는 부분이 사람들마다 재관인이 없는 사람이 없고 있다고 해도 글자 사길신(정관, 정인, 정재, 식신), 사흉신(편관, 편인, 편재, 상관) 확연하게 구분되지 못하고 혼재되어 있는 경우가 대부분이라 판단하기가 애매모호함을 경험할 것이다.

그러다 보니 한난조습(寒暖燥濕)의 중화해야 하는 결론에 이르러 이 부분을 공부하는 사람들이 많다. 한난조습(寒暖燥濕)에 의거한 조후(調候)론도 자연의 현상에 비추어 해석하고자 함은 결국 자연론에 기초한 난강망(欄江網) 이론과 맞닿게 된다.

난강망(欄江網)과 재관인을 모두 공부하여 본 결과 글자 간의 자의(字意) 뜻을 배우고 난강망(欄江網) 이론으로 자연의 이치를 배우는 것이 쉽게 입문할 수 있음을 말하고 싶다. 다만 난강망(欄江網) 이론으로 표현하기는 한계가 있고 세밀하게 설명하는데 역부족임을 자인하게 된다.

그래서 난강망(欄江網) 이론과 재관인 이론은 접목하여 상호 보완을 이루면서 분석하고 설명하는 것이 적절하겠다는 생각으로 두 이론을 접목하는 사례를 제시한다.

큰 차이점은 용신(用神)을 정하는 데 있다. 난강망(欄江網)은 계절에 따라 절대적으로 취용하는 글자가 있는 반면, 재관인 이론은 용신 위주로 해석하고 설명하지 않는다. 이 부분은 독자 여러분들이 공부해야 할 포인트라고 본다.

이후의 설명은 시중의 재관인 사례와 난강망(欄江網) 이론을 접목하여 분석 설명하려고 하였음을 양지하고 이해하면서 읽어 주기를 바란다.

재관인 내용과 사례는 박재현 선생이 남긴 노트를 참고하여 작성했음을 밝혀 둔다.

2. 체용론(體用論)

사주 명리에서의 체용론은 체(體)는 주인이요, 하늘(天)이다. 용(用)은 손님, 객(客)이요, 땅에 해당한다. 즉, 지(地)의 개념이다. 변(變)은 움직임, 변화, 동(動)으로 사람(人)에 해당한다. 이는 천지인(天地人) 사상으로 연계하고, 정(精) 즉, 몸, 신(身)과 신(神), 마음(心)과 기(氣), 움직임 행동(行)의 정신기로 연계한다.

성령(性靈)은 전생(형이상)의 음양이다. 보이지 않는 면을 말한다. 정신(精神)은 금생(형이하)의 음양이다. 보이는 현상이다.

심(心)에서 신(神)이 되고 신(神)이 혼(魂)이 된다. 기(氣)에서 정(精)이 되고 정(精)이 백(魄)이 된다.

혼(魂)은 목(木)에 해당하고 신(神), 화(火)를 따라서 생동하는 정신력의 힘을 보여 준다. 즉, 극기의 힘을 보여 준다.

백(魄) 금(金)은 정(精), 수(水)와 생동하는데 기백의 힘을 보여 준다. 즉 순발력을 보여 준다.

기(氣)는 아버지요, 정(精)은 아들이요, 신(神)은 자손이 된다. 정신기 일체가 생명 작동이 되는 것으로 모두 왕(旺) 하게 작동되어야 운도 강하게 작동되는 것이다.

3. 용신(用神)의 의미

용신(用神)은 정신(精神)으로 강해야 능력을 발하는 것으로 용신(用神) 건왕을 요하는 것이다. 생월에서 통근(通根) 되어 뿌리가 깊어야 길하고 천간(天干)에 투출 되어 나와야 대길하다.

체(體)는 약한데 용신(用神)이 강하면 뜻은 높으나 성취에 애로가 있다. 체(體)는 강한데 용신(用神)이 약하면 여러 가지 설계는 하나 무능하다.

여기에서 재관인설(財官印說)로 설명을 하면 신강자(身强者)가 원하는 것은 재관(財官) 식상(食傷)으로 희구한다.

신약자(身弱者)가 원하는 것은 인성(印星) 겁재(劫財) 양인(羊刃)을 희구한다.

사주 명리의 주체로 설명하면 일주(日主)는 우주적 의미에서 하늘이요, 사회적 의미에서 군(君)이요, 개인적 의미에서 자아이다.

사주 네 기둥으로 년주는 대문, 월주는 장소, 일지는 좌석, 시주는 왕래를 의미한다.

사회생활에서 표현하면 일주는 자신이며 용신(用神)은 정신이다. 용신(用神)은 땅이요, 신하이며 정신이다. 희기구구한신(喜忌仇救閑神)은 상대적 관계이다.

년운(年運)은 시간, 목적의 기회를 반영하며 시기의 원인이 된다. 대운(大運)은 공간, 목적의 장소에 해당하며 시기의 결론이 된다.

일주(日主) 자신(自身)은 형상 물체라 천기(天氣)를 불통(不通)하고 정신(精神), 용신(用神)은 무상, 비 물체라 천기를 관통한다.

천기(天氣)를 통하는 곳이 월(月) 지장간(地藏干)인 연유로 지장간(地藏干)을 용신(用神)이라 한다. 용(用)은 적응 능력이요, 신(神)은 정신을 말한다. 난강망(欄江網)에서는 지장간(地藏干)을 용신으로 한정하지 않음을 인지해야 한다.

희신(喜神)의 작용으로는 용신(用神)을 보좌하는 신으로 부용신 또는 보좌관이라 할 수 있다. 기신(忌神)은 용신(用神) 정신(精神)을 훼손하는 신으로 역적신, 또는 장애신이라 할 수 있다.

기신(忌神)을 도와서 반영하는 것이 구신(仇神)이다. 희신(喜神)을 도와서 충성하는 것이 구신(救神)이다.

용신(用神)의 능력으로 정격(正格)은 길신으로 용신(用神)은 생조 해 주는 신이 희신(喜神)이다. 편격(偏格)은 흉신으로 용신(用神)은 제어하고 화해 주는 신이 희신(喜神)이다.

일주(자신)에도 희신(喜神)을 보고 용신(用神) 정신(精神)에도 희신(喜神)을 보는데 일주의 희신(喜神)은 개인용이고 용신(用神)의 희신(喜神)은 사회용으로 연계하여 간명한다.

일주(자신)에 희신(喜神)이 있어도 정신(精神)에 희신(喜神)이 없으면 사회의 발전이 없는 것이다.

정신(精神)의 희신(喜神)이 있고 자신의 희신(喜神)이 없으면 사회 능력은 있어도 신체 가정의 내면은 약하다.

자신(일주)은 식상(食傷)을 먼저 찾고 정신(精神)에서는 재관인(財官印)순으로 먼저 찾는 것이 일반적이다.

용신(用神)은 태어난 월에 배정하여 뿌리가 있는지 없는지를 본다. 길신(吉神), 흉신(凶神) 격의 용신(用神)은 모두 통근하는 것을 우선한다.

용신(用神)의 길성(吉星)으로 재(財) 관(官) 인(印) 식(食) 등이면 이것을 생조(生助)하는 것이 희신(喜神)으로 역할을 한다.

용신(用神)의 흉성(凶星)으로 살(殺) 상(傷) 인(刃) 등이면 이를 극제(克制)하고 합화(合化)로 변화하게 하는 것을 희신(喜神)으로 삼는다.

흉성(凶星)을 용신(用神)으로 할 때 이를 생부(生扶) 하는 것을 기신(忌神)으로 삼는다. 흉(凶) 기신(忌神)이 합(合) 충(沖) 공망(空亡)이면 흉성(凶星)이 사라진다.

길성(吉星)을 용신(用神)으로 할 때 용신(用神)을 극(剋) 하든가 합(合)할 때는 이것을 기신(忌神)으로 삼는다.

암신(暗神) 암합(暗合) 기세(氣勢) 편왕격(偏旺格)을 용신(用神)으로 잡을 때는 전실(塡實)을 기신(忌神)으로 삼고, 왕세(旺勢) 삼합(三合)하는 것으로 희신(喜神)을 잡는다.

암신(暗神)격은 전실(塡實)을 보면 파격이 되고 암회(暗會)되는 것은 부격(富格) 귀격(貴格)이다.

전실(塡實)이란 암신(暗神)으로서 용신(用神)을 잡는 것인데 예를 들어 용신(用神)이 재(財)라면 운에서 재신(財神)을 보는 것과 같이 길하게 작용하는 것을 말한다.

난강망(欄江網)에서 용신(用神)은 자연론에 입각하여 계절별로 일간에 필요한 글자를 선택하는 것이 기본이다. 따라서 재관인설에서 사용하는 용신(用神)론과는 다소 차이가 있다. 이는 운에서 어떤 결과를 보이는가를 경험으로 체험해야 그 결과를 알 수 있는데, 학문을 연구하는 사람으로서 논리적으로 어느 것이 더 맞는가를 판단하여 사용하는 것이 좋다고 생각한다. 독자가 읽고 생각하고 판단해야 할 과제이다.

〈용신 설명 사례〉

己 庚 戊 乙
卯 申 寅 酉 (乾命)

壬 癸 甲 乙 丙 丁
申 酉 戌 亥 子 丑

일간(日干)은 체(體)다. 용신(用神)은 정신이다. 일간이 왕이라면 용신(用神)은
총리에 해당한다. 일반적으로 용신(用神)이란 사주팔자에서 꼭 필요한 신이
라고 생각하는 것이 명리학자들 생각이다. 조후를 접목하는 명리학자들은
월기(月氣)의 당령신(當令神)이라고 설명한다.

본명은 인(寅) 중의 갑(甲) 당령에 생하였으니 갑(甲)목 용신이라고 일반적
으로 잡는다.

월령은 수도(首都)이며 갑(甲)목 용신의 수도(首都) 인(寅) 중에 건록지가 되어
있으니 용신 갑(甲)목이 건왕하다. 신유(申酉)금이 공격하였으니 총리의 힘이
약해졌다. 용신 갑(甲)목을 돕는 것이 희신인데 신(申)중의 임(壬)수가 희신이
고 일간도 도우는 희신이다.

위 명에서 난강망 이론으로 용신은 인(寅) 중 병(丙)화를 선용한다. '무엇이
옳은가?'는 운로에서 비교하여 실제 삶의 결과로 증명될 것이다. 독자 여러
분이 연구해야 할 포인트다.

4. 격국론(格局論)

격국론은 재관인설에서 분류하는 여러 이론이 있으며 난강망에서는 용신을 잡을 때 참고하면 도움이 되니 기본원리 이치를 이해하는 데 도움이 되었으면 좋겠다.

격국에 취용하는 원칙으로는 다음과 같다.

① 격은 월지에서 취한다.
② 월지에 없으면 시간에서 취한다.
③ 월과 시간에 모두 없으면 년에서 취한다.
④ 강(强)은 취하고 약(弱)은 엽(棄) 한다.

격국의 종류를 분류하면 다음과 같다.

① 실격(実格) : 정기(正氣) 용신을 사용한 격이다.
② 허격(虛格) : 용신이 월지에 없고 타 간지에서 사용한 격이다.
③ 청격(清格) : 군왕 신왕(왕 하고 용신이 강한 것)한 격이다.
④ 탁격(濁格) : 군약하고 용신 약하고 기신이 있는 격이다.
⑤ 상격(上格) : 군왕 신왕에 재관인 길성의 희신이 있는 격이다.
⑥ 중격(中格) : 군약 신왕한데 일주를 돕는 희신이 있는 격이다.
⑦ 하격(下格) : 군약 신왕한데 기신이 있고 군왕 신약한데 용신을 극(剋) 하

는 기신이 있는 격이다.

지장간(地藏干)의 역량은 중요한데, 다른 천간(天干)에 있는 용신도 월 지장(地藏干)간을 통하여 천기가 들어오므로 용신의 강약을 월지, 시지에 왕쇠를 간별해야 한다.

사흉신(傷獨刃煞)은 제어하고 관리가 되면 살기와 비천한 행동을 잊고 복종을 잘하여 공을 세운다.

사길신(財官印食)은 생조 하면 공을 세우고 극(剋) 하면 귀한 기운과 덕행을 잊고 주인을 원망하고 원수를 진다.

화(化)의 의미는 착한 변화라 자비로 돈과 사랑으로 좋은 관계를 부리는 방법이다. 복종하면서도 진심으로 대하니 운이 떠나간 후에도 좋은 은혜와 덕을 받는다.

제(制)는 통제의 의미로 권력과 힘으로 강압하고 호령하여 부리는 방법이니 복종하면서도 앞에서 굴종하고 뒤에서는 원구를 사는 것이니 힘이 없어지면 후환이 따른다.

인간의 신체로 비유해 보면 천간(天干) 정신(精神)은 얼굴이다.

지지(地支) 물질(物質)은 신체요 가정환경이다. 천간(天干)이 상하면 인격이 상하고 지지(地支)가 상하면 내면의 우환이 있고 물질이 상하게 된다.

천간(天干)이 길하고 지지(地支)가 흉하면 겉은 화려하나 신체는 약하다. 지지(地支)가 길하고 천간(天干)이 길하면 신체는 건강하나 외모는 별로이다.

천간(天干)이 지지(地支)를 극(剋) 하면 명을 순종하고 권위가 있다. 지지(地支)가 천간(天干)을 극(剋) 하면 명을 거역하고 침체한다.

천간(天干)을 극(剋) 해도 합하는 글자가 있으면 구제가 되고 지지(地支)가 극

(剋) 하면 생조 하는 천간(天干) 글자가 있어도 구제가 불가능하다.

천간(天干)이 극(剋) 해도 지지(地支)가 맑으면 해(害)가 경감되고 지지(地支)에서 싸움이 일어나면 하늘에서 화합해도 해(害)가 중(重)하다.

일주(자신)가 년을 극(剋) 하면 재앙이요, 년이 일간을 극(剋) 하면 고향 이별이다.

하극상(下剋上)은 화(禍)가 크고 상극하(上剋下)는 화(禍)가 적다. 이는 하향식의 동양 이론에 근거하고 명령에 대한 사회복종의 역사의식에 근거한다.

하극상(下剋上)의 의미는 시간에서 일간지를 치거나 일간에서 월간지를 치거나 월간에서 년간지를 치는 개념으로 적용한다.

천간(天干)은 기가 있으나 형체가 없고 지지(地支)는 물질이 존재하여 형체가 있다. 인간의 형체는 기를 암장하여 다섯 가지 상을 이루니 인의예지신(仁義禮智信)으로 화한다.

한습(寒濕)이 명내(命內)에 태과(太過)하면 조열(燥熱)한 운을 만나도 발전이 미약하고 재앙은 적다.

조열(燥熱)이 태과(太過)하면 한습(寒濕) 대운을 만나도 발전은 없고 재앙만 따른다. 하극상하는 연유이다.

5. 난강망(欄江網)과 재관인설(財官印說) 융합 명리

5.1 천간(天干) 지지(地支) 오행 직업론

천간(天干) 지지(地支) 글자에 의의를 가지고 오행 직업을 유추할 수 있는데 팔괘와 자연현상에서 유추 가능하며 박재현 선생의 노트를 참고하였다. 상세한 구분은 난강망 책이나 다른 책을 참고하여 구분하기 바란다.

① 갑(甲) 인(寅) : 대림목(大林木), 비석, 머리, 왕관, 옥석, 궁(宮), 박물관, 감투, 건축, 토목, 지혁(가방 구두), 학교, 일본, 고려대학, 동아대학, 동국대학, 선박, 농장, 전주(電柱), 등산 장비 등으로 유추한다.

② 을(乙) 묘(卯) : 화초, 화원, 간(肝), 활목, 비단, 포목, 마포, 단원, 골프채, 손가락, 잔디밭, 문구, 엽초, 약지, 의복, 침구, 연필, 생성, 전선, 국수, 머리털, 프랑스, 디자인, 붓, 의상, 양복, 인쇄물, 미용실, 설계학, 미술학, 이발, 화장품, 조각품, 인장, 인삼, 현악, 생물학, 한방, 악기, 도서, 새 등.

③ 병(丙) 사(巳) : 태양, 장수, 교조, 천주교, 조실, 양산, 기독교, 예식장, TV 화면, 사진, 교회, 화로, 페인트, 화공약품, 학교, 백화점, 거울, 일본, 극장, 문화원, 타이어, 호텔, 산호, 치아, 비닐하우스, 얼굴, 항문, 역전, 광장, 차고, 석유, 전자, 화학 등.

④ 정(丁) 오(午) : 화로등, 촉화, 도서관, 안경, 성광, 전화, 미장원, 용광로, 여관, 예식장, 등불, 주점, 정신, 안경점, 전구 용품, 안목, 오락실, 마산, 사랑, 주마, 주점, 자가용, 소란 소요 등.

⑤ 무(戊) : 높은산, 성곽토, 위장, 산성, 농장, 학교, 문구, 운동기구, 운동장, 문명지상, 주먹, 고기 등.

⑥ 진(辰) 술(戌) : 생토, 파종, 세탁소, 중국 음식, 분식, 페인트, 과자, 중동, 수고(水庫), 화전, 농기구, 종교 서적, 섬, 해수욕장, 광장, 시멘트 공장, 열토, 채석장, 타일, 천문, 금속, 주차장, 광산, 연탄, 농장 등.

⑦ 기(己) 축(丑) : 사토, 화전, 해수욕장, 구름, 가무, 기방, 법대, 약물, 온천, 과자점, 밀가루, 설탕, 모레, 독약, 공동묘지, 금고, 광산, 석탄, 커피 원료, 길 등.

⑧ 미(未) : 온토, 잔디밭, 연초, 인삼밭, 양고기, 사우디, 이란, 화원, 약초, 축구장, 골프장 등.

⑨ 경(庚) 신(申) : 대금(大金), 사진기, 자동차, 대장(大腸), 강금(剛金), 신(神), 종(鐘), 절, 중장비, 물탱크, 목욕탕, 열차, 대형차, 탱크로리, 철강, 냉장고, 냉동 사업, 주유소, 모텔, 양조장, 술 항아리, 기관지, 콧병 등.

⑩ 신(辛) 유(酉) : 검도, 주옥, 농부, 왕위, 장식, 파이프, 트로피, 시계, 비행

기, 침, 손톱, 통닭, 거울, 화장품, 수입품, 연세대학, 전화기, 카메라, 소형 자동차, 면도기, 알루미늄, 도장칼, 술명, 커피 잔, 금은방, 목탁, 작은 종, 귀금속, 의료기구, 독일, X-RAY, 유리그릇, 가위, 액세서리, 금융, 그림책, 사진, TV, 전자제품, 마이크, 수입품 코너, 전자복사, 인쇄기 등.

⑪ 임(壬) 해(亥) : 강, 해수, 감옥, 도적, 전쟁터, 방광, 도살장, 목욕탕, 사우나, 호수, 영국, 소련, 색채, 항로, 도학, 수평선, 운호(구름 낀 호수), 대화, 은하수, 선박, 선창가, 해변가, 보세, 불알 등.

⑫ 계(癸) 자(子) : 생천수, 정자, 황천, 선, 경찰, 오락, 도학, 정신, 스프링클러, 지혜, 총명, 밤중, 계량기, 저울, 수평선, 음문, 수문장, 파수꾼, 간첩 등.

5.2 천간(天干) 오행 성격론

① 갑을(甲乙) 목 : 안으로는 인(仁)이요, 외부로는 강직하고 번성한다. 어질고 현량하고 명분을 중시하고 유순, 화평하고 행동이 단정하다. 악을 미워하고 온화하며 독실한 성품을 가진다. 의지력과 인내력 의욕을 나타낸다.

② 병정(丙丁) 화 : 밝고 명분이 있고 열성이 있으며 안으로는 급하다. 화려함을 좋아하며 이론보다는 실행력이 있고 인내력은 약한 면이 있다.

언어는 빠르고 밤에 나면 별빛(달) 등불이 되고 낮에는 빛이 어두운 것이다. 판단력과 열성을 나타낸다.

③ 무기(戊己) 토 : 언어가 무겁고 온후하며 신용을 중시하고 중용을 지킨다. 원만 중후하며 신의를 중시하고 언행이 신중함을 보인다. 성실하고 책임감이 강하고 질서 있고 생각이 깊다. 적극성이 약하고 느린 면이 있다.

④ 경신(庚辛) 금 : 강하고 의가 중하고 절제하는 성품이다. 안으로는 의지, 정의, 비판이 강하다. 인격과 명예를 중시하고 명민하며 위권 결단력이 있다. 강건하고 위청하며 불의를 비판하는 정의감, 영웅 혁신적 기질이 있어 복종성보다는 반대성이 강하다. 추진력도 강하고 통제성도 강하다.

⑤ 임계(壬癸) 수 : 청하고 유하고 동한다. 언어는 유정하고 총명하다. 맑고 적응력이 강하고 활동하는 성분이며 지혜가 깊다. 기억력 암기력 사고력이 강하다.

5.3 재관인설(財官印說) 명리 의의

사주 네 기둥의 의미를 나무의 근묘화실(根苗花実)의 개념으로 비유하면 년(年)은 근(根)이라 희신이면 조상의 덕이 있으니 천간(天干)을 중용한다.
월(月)은 묘(苗)로 친가 가행의 덕이라 지지(地支)를 중용한다.

일(日)은 화(花)로 현명한 배우자의 덕이라 간지 중용한다.

시(時)는 자손과 부하의 덕이라 실(實)에 해당하니 간지 동일한 의미를 갖는다.

정격(正格) 희신은 시간의 길신이 더 길하다. 편격(偏格) 희신은 년간의 길신이 더 길하다.

대운은 지지(地支)가 중하고 세운은 간용이 중요하다. 일운은 간지 동일한 특성을 갖는다. 하늘이 땅을 극(克) 하면 운명에 순하고 권위가 있으며 땅이 하늘을 극(克) 하면 역명심대하다. 이는 하늘은 양이 동하니 천기는 순환하나 막히지 않고, 땅은 음정 하니 지기는 온전히 머물고 비밀리에 숨는다.

다음은 재관인설 항목별 특징을 나열하니 참고하고 난강망(欄江網) 적용시에 연계하여 연구해 볼 것을 권장한다.

재(財)는 부자 창고, 저축, 아내의 의미가 있는데 정재(正財) 는 노력으로 일구는 창고로 은밀하고 강하게 축재하는 면이 있다.

편재(偏財)는 수단을 강구하여 일구는 창고로 노출되어 득재한다.

관(官)은 관록이요, 아들에 해당하는데 정관(正官)은 문관 명분이요 노출해야 명분이 있고 성공한다.

편관(偏官)은 무관 명분이요, 노출해도 제어가 되어 변화해야 성공한다.

인(印)은 문서, 부모, 지혜를 상징하고 정인(正印)은 학자, 지혜를 상징한다. 편인(偏印)은 수단, 지략을 의미한다.

식(食)은 능력을 의미하고 덕망, 생각의 신, 수명식복을 의미한다. 상(傷)은 지략을 의미하고 술수, 반항, 오만, 정책적, 영웅의 의미가 있다.

정(正)은 정(定) 정(靜)이고, 여성적이며 보수적, 소극적, 안일적, 이기적이다. 따라서 음(陰)의 성정이다.

편(偏)은 움직임, 개혁, 남성적이며 혁신적, 투기적, 공리적이다.

1) 정관(正官)의 기

부모에게 효도하며 겁재를 공격하니 편재(부친)를 수호한다. 정인 모친을 생조 하니 부모를 섬기는 질서가 있다. 아내와 자식을 지키고 가정을 화목하게 한다.

생겁을 제어하여 정재(본처)를 보호하고 사랑하니 학문을 지킨다. 편관을 막으면서 정관(자신)이 보호하니 자식 사랑이 지극하다.

정관이 높아지면 인(부모 섬김)의 생각이 윗사람에게만 충성한다. 재(宝) 애착으로 생각이 금전만 신경 쓴다. 관(자녀)의 생각이 편관(여론 공포)를 피하여 외국으로 유학시키는 것이다. 비견(친구)의 생각은 본인의 부하로 생각하니 고향친구(년월비겁)를 더욱 멀리하게 된다. 아울러 형제와도 멀리한다.

법도가 있고 예절이 있으며 총명 질서가 있다. 충신으로 이름을 날린다. 인격이 청고하다. 성격이 온후하고 검소 명민하다.

편관이 섞이면 악정이 되고 정관을 상한다. 정관격이 재와 인이 있으면 총명 부귀하다.

정관은 나란히 년월에 있으면 숭고하고 일시에 있으면 산만하고 동요한다. 여자 명은 정관이 남편이 된다.

2) 편관(偏官)의 기

남자 명에는 아들이요, 여자 명에는 남편이요 첩부다. 편관은 살(殺)이라 반항 공격성이 있고 노기(怒氣)가 있다. 편성이며 의협심 억강부약하고 성급하다. 통 한자에는 충직하고 보통의 관계는 멸시한다. 항상 덕이 부족하고 비판이 있게 된다.

편관이 제어가 잘 되면 경천동지한다. 정관이 있으면 문무가 충돌한 것과 같아서 소요하다.

편관은 정신 능력이다. 봉사 희생하고 내가 손해 보며 타인을 득 보게 한다. 직언 공격 반항심이 있고 자기 존재감이 극히 강하다.

질서 속에 방종심이 있다. 선하고 입으로써 덕을 잃는다. 비밀을 지키지 못하고 발설하는 경향이 있다.

여자의 경우는 편관이 있으면 극부살(剋夫殺)이다. 총명하여 정치적 수단은 있으나 타인에게 복종, 시종 하기를 싫어한다.

3) 편인(偏印)의 기

편인은 기술성, 지혜성 재능이다. 교육, 종교, 예술성이다. 문예 총명은 있으나 무례하고 방종이 있다.

임기응변의 성격이 강하고 남에게는 덕을 베푸나 실덕을 한다.

4) 정인(正印)의 기

생산 신이면서 총명 질서이다. 선량하고 생각이 깊다. 정신이 여유가 있으나 이기적이다. 학문성, 기술성이다. 벼슬에 나가면 청렴하고 능력 있다. 고지식하고 보수적이다. 직업은 생산 신, 문화 교육 예도이다.

5) 식신(食神)의 기

교양의 신이다. 재를 생산하는 근본이다. 지혜, 총명, 능력을 나타낸다. 건강을 담당한다. 재나 관보다 우세한 것이다. 명예, 건강, 총명을 표현하며 정신 능력을 나타낸다.

6) 정재(正財)의 기

월급, 재산, 땀, 노력의 대표다. 흥망이 적고 인색하고 보수적이다. 처세가 담담하고 온고지신이다. 정재는 은밀하게 숨어야 재복이 있다.
편관 옆에 정재가 있으면 남의 덕으로 복이 있고 남편이 여자에게 잘해 준다.

7) 편재(偏財)의 기

큰 부자 축재, 수단, 재산, 소개, 기회주의이면 동적이다. 간에 있으면 부자 창고 횡재이다. 낭비 호걸 담대 구설이 있다.

지지(地支)에 있으면 성실하고 중간 부자다. 남에게 대접이 있다. 시상에 편재가 부자재산이다.

8) 비견(比肩)의 기

의견이 완고하고 손재살이다. 독립심과 승리하려는 성정이다. 비견과 겁 재가 희신이 되면 온후독실하고 자신과 남에게 유리하다.

9) 겁재(劫財)의 기

월에 겁재가 있으면 이기주의 비방주의이다. 타인에 의지하려는 성정이 있고 안일주의. 이기려는 마음이 강하다. 겁재는 손재살이다. 분망 수다 스러운 성격이다.

10) 상관(傷官)의 기

상관(傷官)은 정신 능력이다. 봉사 희생하고 나는 손해 보지만 타인을 이롭 게 하려는 성정이다.

직언하고 공격성이 있으며 반항심이 있고 자존심 강하다. 질서 속에서도 방종심이 있다. 편성이라 선하나 입으로써 구설이 있다. 비밀은 지키지 못 하고 발설하는 경우가 많다. 상관이 있으면 여자의 경우 극부살(剋夫殺)이다. 총명하고 정치적 수단은 있으나 타인에게 복종, 시종 하기를 싫어한다.

5.4 난강망(欄江網) 융합 재관인설 간명 사례

다음의 사례들은 박재현 선생이 해설한 노트에 난강망 이론을 접목하여 추가한 사항임을 밝혀 둔다. 용신 잡을 때 차이가 나는 것은 독자 여러분이 공부해야 할 포인트다.

1) 정인격 사례

辛 甲 戊 己
未 午 子 卯 (乾命)

壬 癸 甲 乙 丙 丁
午 未 申 酉 戌 亥

자(子)월 갑(甲)목은 겨울나무라, 추운 겨울에 지지(地支) 오(午)화가 자(子)수에 죽어서 용신으로 정하기는 약하다. 난강망으로 천간(天干)의 무(戊)토를 선용하는데 재관인설을 적용하면 정인격이다.

정인은 선비 자질이 있는데 기(己)토와 합해 편재와 합한 것으로 선비가 편재를 따라가는 형상이다. 지지(地支)에서 오(午)화는 미(未)토에 힘을 얻어 차용으로 사용하는데 정인격에 상관이니 학자요, 교수 직업을 갖는다.

정인격에 신유(辛酉) 금이 정관이어서 학자 명예가 따른다. 본인은 지혜가 있어 오(午)화를 쓰고자 하지만 신유(辛酉) 금이 관(官)을 극(剋) 하니 입으로 본인을 공격하는데 미(未)토 정재 본처가 화생토 토생금으로 잘 보호한다. 아내 덕이 지중하다.

신유(辛酉)는 주옥인데 갑(甲)목에 주옥이 치는데 지지(地支)에서 자오(子午)충(沖)으로 직언을 잘한다. 그로 인해서 고충도 있기 마련이다.

2) 식신격 사례

壬 癸 癸 丁
子 卯 卯 卯 (乾命)

묘(卯)월 계(癸)수는 이슬비 봄비에 해당되는데 상하 모두 식신 격으로 이루어졌다. 난강망(欄江網) 이론으로는 용신이 보이지 않는데 년간 정(丁)화를 사용함이 옳다. 관성이 없어도 고관이 나오는 명이 본 사주명이다. 식신 상관일 때 희신이 강하면 고관이 가능하다.

신왕하고 신강한데 수목(水木)이 상생하니 격이 청(淸)하다. 문창에 수목(水木)이 상생하니 지혜와 인물이 출중하나 수(水)는 금(金)이 없으면 생수가 되지 못하니 융통성이 부족함이다.

자묘(子卯) 형살이 있고 묘(卯)가 셋이나 있으니 무관으로 진출하는데 이유는 시간의 임(壬)수가 전쟁터이며 묘(卯)목이 손가락이 되어서 전쟁터의 선봉장이 된다.

정(丁)화를 용신으로 하여 장군이 된다. 년간의 정(丁)화로 상관의 총애가 있고 무(戊)토 운에 무계(戊癸) 합 화(火)로 문명지상이 되었으니 일국의 권세가가 되나 술(戌) 운에 지지(地支)의 묘(卯)가 고장이 되어 떨어진다.

묘(卯)월의 화초가 술(戌)토운에 이르러 가을바람에 서 있는 격인데 어찌

낙화하지 않으리오?

정(丁)화 희신을 임(壬)수와 계(癸)수가 서로 다투어 극(尅) 하였으니 비견 친구에게 인심을 잃고 묘(卯)가 부하가 되어서 부하에게 인기가 있고 덕이 있다.

3) 정인격 사례

甲 己 己 己
子 巳 巳 巳 (乾命)

癸 甲 乙 丙 丁 戊
亥 子 丑 寅 卯 辰

사(巳)월 기(己)토가 조열하다. 정인격으로 천간(天干)에서는 갑(甲) 목이 용신이요, 지지(地支)에서는 자(子)수를 용신으로 사용한다. 물을 갈구하여 해상에서 일하는 직업이다. 물이 조갈한데 기(己)토가 극(尅)하니 빈한하다.

일지 월지 년지 글자가 같으니 3모(母) 슬하에서 성장하였다. 시간에 용신이 누웠으니 아들이 없다. 재관인으로 보면 재가 약하고 뿌리가 없는데 갑(甲) 상관이 자(子)의 힘을 받아 여자 자식은 가능하다.

갑자 운은 용신이 오니 돈을 벌고 축(丑) 운에는 비견 친구들이 합하니 재산이 실패하였다.

물을 갈구하니 여자 가까이하기를 즐기고 실제 아내는 2명이 동거하였다.

사(巳)는 네거리 역전에 해당하니 네 거리 역전에 거주하였다.

사주 명에서 금(金)이 없어 해상 선박 기관사 직업이다. 축(丑) 대운에는 일은 하나 돈이 안 된다.

4) 상관격 사례

庚 壬 乙 戊
子 子 卯 寅 (乾命)

辛 庚 己 戊 丁 丙
酉 申 未 午 巳 辰

봄철 임(壬)수 강물이다. 작은 시냇물로 경(庚)금이 생수 하여 좋은데 을경
(乙庚) 합 금으로 화했다. 수목(水木) 상관격으로 지혜롭고 용모가 준수하다.
상관격에서도 토금(土金) 상관격은 격이 아래다.

을경(乙庚) 합인데 상관격에는 일희신은 인(印)을 용(用) 하고 그 다음은 재
(財)를 용(用) 하는데 재(財)가 없으니 경(庚)금을 용 한다 하는 것은 재관인에서
잡는 법이다. 난강망(欄江網)으로는 인(寅) 중 병(丙)화를 용신으로 한다.

모친의 자리에서 올라온 을(乙)이 경(庚)을 합하니 어머니 덕이 지중한데
편인(偏印)이 되어서 계모가 본 어머니 격이다.

재(財)가 없으니 무재무처(無財無妻) 격인데 인(寅) 중의 병(丙)화는 공망이라
본처가 부모집을 지킨다.

나무가 불을 생하니 아내가 여러 명인데 자(子)수 양인(羊刃)이 아내 자리에
있어 처덕은 없다.

상관은 영웅 호걸형인데 재(財)가 있으면 정치로 이름을 날리고 재(財)가

없으면 정치에 마음만 있고 성사는 없다.

재(財)가 없으니 하는 말이 실언이요, 실천에 성공이 없다. 무(戊)토가 기신(忌神)이다.

자식이 기신(忌神)이요, 자식은 부모 자리를 지킨다는 해석은 재관인 설명이다.

수(水)운에 가산이 탕진하는데 이는 용신이 불인데 물운에 흉하다는 것과 일맥상통한다.

화(火)운에는 욕망이 발동하고 계획을 세우는데 비겁이 재(財)와 싸우니 재물로 인한 욕심이다.

화초 과수원에서 일을 하고 고생으로 살아가는 명인데 재물이 없으니 부자를 원하는 마음은 커서 돈을 원망하는 삶을 산다. 말년에는 아내와도 등지고 아들과 등지니 금(金)운에 걸객의 신세다.

초년에 화(火)운은 부모 재산으로 본인이 사업을 하다가 실패하고 토(土)운에 걸인이 된다.

5) 아내궁(妻宮)

희신과 삼합하는 경우 일지 삼합이나 월지 삼합된 인연이 많다. 처궁이 좋지 않은 명은 상대 및 기신이 인연이 되고 처궁이 길하거나 처덕을 보는 운명은 삼합이다. 희신 삼합이 인연이 된다.

결혼은 일지 삼합운에서 가장 많다. 그다음이 년지 삼합운에서도 온다. 일반적으로 여자가 남자 덕이 없으면 자식운도 적다. 비록 자식이 성공하더라도 나에게 잘하지 않는다.

부부 관계가 편(偏)으로 되면 내연 관계가 많고 정(正)으로 되면 안으로 답답하거나 애정이 적다.

난강망(欄江網) 이론으로는 남자나 여자나 용신운이 강하고 합이 들어올 때 결혼이 가능하다. 이때 일지 삼합운이 오면 더 강하다.

용신이 고장 들어올 때 결혼이나 해 버리자는 마음으로 하는 경우도 있다.

천하의 조화는 토(土)에 있다. 토(土)가 만물을 암장하는 곳이라 토(土)에 조화가 있다.

辛 丁 戊 乙
丑 卯 子 亥 (乾命)

癸 甲 乙 丙 丁
未 申 酉 戌 亥

월지 편관(偏官)격이다. 묘(卯)목을 용신으로 하니 편인용이다. 편인 띠를 만나야 유정한데 용을 치는 띠는 무정하다.

시상에 신(辛) 편재가 강하다. 축(丑) 중에 신(辛)금이 암장하여 뿌리가 있고 노출되었으니 부자 명이다. 토끼띠 아내를 만나야 다정한데 재(財)의 창고 축(丑)을 합하여 을유생이 배필이 되어 일생 부부 부정하고 외도를 즐긴다.

시상에 편재가 노출되고 일지에 무정 교살이 있으니 음주 여란을 즐기고 본처와 무정하다.

묘(卯)목을 용신으로 하여 목재상으로 돈을 벌었다. 갑(甲)운부터 발전하고 거부를 이루어 계(癸)운에 침체한데 계(癸)운 사오미운에는 아내의 신병과 부부 분란이 극심하다.

기미(己未)년에 손재하고 부부 풍파로 이혼하자고 한다. 재물에는 밝으나 인간 사리에 어둡고 법도와 예절이 없다.

이상은 재관인으로 설명을 한 것이며 난강망(欄江網) 이론으로 설명을 하면 다음과 같다.

자(子)월의 정(丁)화 불은 천간(天干)에서 땔감과 방패가 필요한데 물이 왕(旺)하니 무(戊)토를 선용하고 을(乙)목, 지지(地支)에서 해(亥) 중 갑(甲)을 사용한다.

토자화처(土子火妻)에 해당하니 일지 궁과 비교하면 묘(卯)목이라 습목으로 처와의 관계는 별로다.

시간의 신(辛)금을 녹이는 연유로 사람이 예의범절이 없고 똘아이 기질이 있다. 을(乙)목 갑(甲)목운에 돈을 벌고 계(癸)운에 용신 합 되어 손실이 발생한다.

6) 가 편관격 사례

壬 戊 甲 甲
戌 辰 戌 戌 (乾命)

庚 己 戊 丁 丙 乙
辰 卯 寅 丑 子 亥

가을 산이 비견을 희신으로 한다. 일지에 진(辰)토가 희신으로 처덕이 있고 운에서 자진(子辰) 합하여 병자생 배필이다.

진(辰)중 계(癸)수가 부자 창고로 열려 아내 집이 부유하고 처가 회사에 의지하며 산다.

난강망(欄江網) 용신으로는 갑(甲) 목이 용신인데 목자수처(木子水妻)에 해당하여 진(辰)중 계(癸)수가 있어 처덕이 있다고 본다.

산은 충(沖) 나면 불길한데 지지(地支)가 충(沖)으로 항상 일이 불안하고 성사가 없으니 의존하여 사는 명이다.

정축(丁丑) 대운 축(丑)운에 축재를 하고 무(戊)운에 부자가 되었다. 인(寅) 대운에 칠살이 강하여 갑인(甲寅)년에 관재구설과 손재가 있다. 산이 흔들리는데 용신이 왔으나 불이 타니 손재다.

병진(丙辰)년에 다시 회사의 임원으로 유지하고 기(己)운에 갑기(甲己) 합으로 칠살을 제화하여 중역으로 유지하면서 사업을 창업하였다. 비견운이 오니 동업을 한다.

묘(卯)운에 관살이 강하고 일주 무(戊)토는 묘(卯)에 욕패지가 되어 관액 손재운이 있고 신병에 문제가 있다.

직업으로는 임(壬)수가 재(財)가 되어 식품 무역업에 종사하였으나 화금(火金)이 없는데 술(戊) 중 정(丁)화가 암장되어 전자제품회사에 이동하였다. 화(火)는 불이 아닌 전기에 해당하고 암장 되었으니 사장은 못 되고 부사장 정도이다.

시상에 편재(偏財)는 노력 없이 횡재하는 것을 탐낸다. 애처가이면서 타인에게는 이기주의적이고 욕심이 있다.

월상에 갑(甲)목은 칠살 노출되어 자만심과 자존심이 강하고 협객 성격이 있다. 이는 용신으로 갑(甲)목을 사용하는 연유가 됨은 난강망(欄江網) 이론이다.

형제와 우애는 없고 비견이 공망으로 친구도 없고 신약 상왕으로 단독 사업은 어렵고 칠살이 강하니 관청에 아부하고 사업을 따내는 형이다. 시상 편재(偏財)이나 월상에 편관(偏官)격은 여자 자식은 많으나 남자 자식은 귀하다.

7) 가 편인격 사례

壬甲壬壬
申辰寅午 (乾命)

戊丁丙乙甲癸
申未午巳辰卯

인(寅)월의 갑(甲)목으로 천간(天干)의 임(壬)수가 갑(甲)목을 생하니 가 편인격이다. 오(午)화 상관(傷官)이 희신이 되었으니 능력자요, 정임(丁壬) 합 목(木)이 되는 운에 정치에 뜻이 있다.

천간(天干)에 갑(甲)목이 임(壬)수에 부목(浮木) 되었는데 을(乙)목 대운에 겁재(劫財)가 무(戊)토를 파(破)하고 병오(丙午) 화(火)운에 편인(偏印) 되고 화(火)로 신병에 문제가 있어 고통이다.

오(午)화가 희신이라 임오(壬午)생 배필을 만나 기유(己酉)년에 결혼하다.

사(巳)운에 식신(食神) 운이라 정당에 입당하고 진(辰)토가 처 글자인데 약하고 한토(寒土)가 되어 처가 병객인데 진(辰)토가 갑(甲)목 의 유근(有根)이 되어 희신이 되었으니 애처가다.

신(申)금이 자식이나 기신이 되었으니 무자(無子)다. 연월상에 편인이 강하여 부모덕이 없다. 부친은 일찍 사망하고 모친은 진(辰)토가 길하여 장수한다.

월지 인(寅)목이 공망이 되어 형제 무덕이다. 진(辰)토는 횡재인데 수중(水中)에 있으니 인수 글자 속에서 항상 타인에게 의지하려는 심정이다.

재관인설로는 오(午)화를 용신으로 잡을 수 있으나 난강망(欄江網) 이론으로 보면 오(午)화는 지지(地支)에 인오(寅午) 합으로 불이 나서 갑(甲)목 일간에는 쓰지 않는다.

땅에서 불이 나는데 어떤 나무가 잘 자랄 수 있겠는가? 인(寅)월 봄이라 태양이 필요해 불이 쓰여지나 지지(地支)에서 불 나는 구조이면 사용하지 않는 것이 자연의 법칙이다.

따라서 본 명은 일지의 진(辰)토를 용신으로 한다.

나무는 지지(地支)에서 토(土)를 사용하는데 인오(寅午) 합 화(火)국을 제어하는 운에서 길하게 작용하고 돈을 번다. 운에서 확인해보면 오(午)화가 용신이라면 오(午)운에 더 좋거나 돈을 벌어야 하는데 오히려 흉하고 신병이 있었다.

8) 편관격 사례

丙 壬 甲 壬
午 戌 辰 申 (乾命)

庚 己 戊 丁 丙 乙
戌 亥 申 未 午 巳

봄철 개울물이다. 태양이 있고 나무가 있으니 보기 좋다. 편관이 강하고 신약하니 신(申)을 용한다 함은 재관인설 이론이다.

난강망(欄江網)으로는 진(辰) 월에는 나무가 우선이다. 신(申)과 삼합하는 병자(丙子)생이 배필이고 처가와 합해서 생모와 외면하게 되는 것은 진술(辰戌) 충으로 고부 관계가 불편하기 때문이다.

편관은 무관격인데 갑(甲)목으로 제하고 있으니 정(丁)화 운에 고시 합격하고 무(戊)토운에 경찰의 장(長)으로 지낸다. 무(戊)토운 신(申)운에는 고위직을 경험한다.

기(己)토 운에는 갑(甲)목과 합해서 흉하고 임(壬)수에 기(己)토는 탁수 되어 운이 막히고 편관 격에 정관 운을 만나면 관살 혼잡으로 구설수 풍파가 온다.

기(己)토운 축(丑)년에 퇴직한다.

재관은 강하고 신약하니 신(申) 유(酉) 금(金)운에 발전이다.

천성은 호기웅대하고 재물을 탐하는 성격이다. 물을 좋아하니 술과 여자를 좋아한다.

토(土)가 왕(旺) 하여 신(申)금은 임(壬)수에 조신(助身) 용(用)하고 갑(甲)목은 무(戊)토를 제어하는 용이다. 갑(甲)목이 나와서 식신에 뜻이 있으니 초년에 사범학교를 가서 교편을 잡았다.

칠살격은 경천동지하는 영웅적 기질이 있다. 갑(甲)목 식신 지혜가 진(辰)토 권살에 뿌리 두어 제하였으니 사법 행정으로 합격하고 경찰에 입교하였다.

사주 명에 충과 합이 있으니 백성을 제도하는 직업이고 갑(甲)목은 교화성이며 신(申)금은 역전의 차라. 백성을 교화하는 관(官)으로 경찰이다.

자(子)수 양인이 있으니 법을 집행하는 경찰이다. 무관도 가능하나 재물과 차를 제도하는 갑(甲)목이 정신이 되어 경찰의 우두머리다.

난강망(欄江網) 이론으로는 갑(甲)목이 용신인데 임(壬)수 일간이 지지(地支)가 충(沖) 나고 더워서 이를 제어하고 임(壬)수의 뿌리가 되는 신(申) 금이 희신이 된다. 따라서 지지(地支)에서는 신(申)금운이 올 때 발전한다고 판단해야 한다.

신(申)운은 인(印)운이라 행정이 되어 행정시장이 되고 기(己)토 운은 정관이라 편관격인 운명에 혼잡하고 갑(甲)목 정신을 무색하게 하는 합이 되어 퇴직운이다.

경신(庚申) 년부터는 입지 가능할 듯하나 천간(天干)의 갑(甲)을 치니 안 된다.

기신(忌神)은 오(午)화이고 처(아내) 글자다. 이는 난강망(欄江網) 이론으로 보면 갑(甲) 용신에 목자수처(木子水妻)에 해당하는 글자와는 완연히 다르다.

재(財)에 해당하는 글자가 처 글자인데 재탐(財貪) 하면 인(印) 신(申)이 파하고 갑(甲)이 흉을 당한다. 재(財)로서 투서 당하게 된다.

9) 상관격 사례

戊 丁 丙 戊
申 丑 辰 辰 (乾命)

壬 辛 庚 己 戊 丁
戌 酉 申 未 午 巳

진(辰)월 정(丁)화는 하루로 보면 오전 아침 해가 뜬 후의 불이라 미약하다. 신약하여 나무를 그리워한다.

나무는 학자의 성정과 교육 열매 약초 한약방도 되는데 년간 과 월간의 상관이 정관을 세력으로 위하니 초년에 진학하고 운이 별로다.

무(戊)토와 진(辰)토의 왕(旺) 한 세력을 따라 고산에서 약초를 재배하나 성공이 어렵다. 시지의 신(申)은 철이요 신기(神器)이다. 경신(庚申) 운에 사찰에 다니며 한의학 음양학으로 공부한다. 을(乙) 목으로 한약 공부에 소질이 있고 잘하나 허가제도권에 막혀 음양학으로 가는 것이 현실적이다.

난강망(欄江網) 이론으로는 진(辰) 중의 을(乙)목을 용신으로 하여 약초 한약에 관심이 있으나 운로가 길하지 못하니 음양학으로 가는 것이 더 현실적이다. 목(木) 용신이 운에서 금(金) 운이 오고 나무 운이 오는 대운이 없어 발전하는데 기약이 없다.

10) 식신격 사례

壬 壬 丙 甲
寅 申 寅 子 (乾命)

壬 辛 庚 己 戊 丁
申 未 午 巳 辰 卯

봄 강물이 태양을 보고 나무를 보니 보기 좋다. 식신격으로 월상의 태양은 나를 빛나게 하는 영광이다. 태양을 용신으로 하고 나무를 희신으로 한다.

수목(水木) 식신격은 총명하고 준수하며 문장을 일구고 능력이 있다. 태양은 조후가 되어 나무를 자라게 하는 빛을 발하였으니 용신이다.

신왕 하고 식신 왕(旺) 하나 초년 무진 대운에 편관(偏官) 운에 양인과 합하여 무관으로 진출한다.

경(庚) 대운에 일간을 생하고 용신이 할 일이 있으니 진급하고 영전한다.

신미(辛未) 대운은 용신을 합거하고 희신을 고장 들어가게 하니 직장을 그만 둔다는 해석은 난강망(欄江網) 이론으로 하였는데 이 부분 재관인으로 보면 인(印)이 재(財)와 합하였으니 법도를 잃고 편재는 재산 여자에 탐하게 된다.

미(未) 대운 들어서는 갑(甲) 식신격이 고장이 되고 일간이 사토(沙土)를 만나 탁수가 되니 퇴직이다. 격이 파하거나 고장이 되며 직업과 명예를 잃게 된다.

여기서 지지(地支)편을 마무리하고자 한다. 처음에 전달하고자 했던, 글자 간의 의미, 생과 극, 수용 합 등에 대한 예를 보여 주었고, 지지 글자, 천간 글자 간의 전투 상황 예를 나타내었다.

모든 상황을 설명할 수는 없어서 몇 가지 예를 통하여 전달하려고 했으니 독자분들은 글자의 행간을 파악하여 깊이 있게 사고하고 추론하려고 노력해야 그 깊이를 알 수 있을 것이다.

처음 접할 때 알았다고 생각하는 면도 일정 기간이 지나 다시 보면 또 다르게 보이고 놓친 부분이 있음을 알 것이다.

후반부의 재관인설 예를 추가하여 설명한 부분은 여러 번 망설임 끝에 추가하였다. 재관인설로 공부하는 사람들이 월등히 많음을 고려할 때, 난강망과 비교하여 연구하기를 바라는 마음이다.

난강망 이론과 재관인설 이론 두 가지를 공부해 보면 사주 명을 판명할 때 다른 부분도 있고 같은 부분도 있다.

용신을 잡는 부분에서는 난강망이 우선하고 재관인 조후로 참고하여 잡는 데는 기존 재관인설이 익숙할 것이다.

서로 다른 부분은 개인 운의 변화 체험으로 판명이 날것이다. 연구하는 자세로 공부한다면 학문 연구가 더 발전해 나아가리라 생각된다.

◆ 참고문헌

《구전명리학 난강망》, 형설출판사, 이진우, 2010

《난강망 지지 노트》, 한동수, 1990년대로 추정됨

《난강망 대운 노트》, 한동수, 1990년대로 추정됨

《박재현 명리노트》, 저자 미상, 1990년대로 추정됨

《난강망, 중고급편》, 좋은땅, 이진우, 2018

두산백과, 네이버 사전

전통 구전 명리학

난강망

〈지지地支편〉

ⓒ 청정, 2024

초판 1쇄 발행 2024년 10월 31일

지은이   청정
펴낸이   이기봉
편집   좋은땅 편집팀
펴낸곳   도서출판 좋은땅
주소   서울특별시 마포구 양화로12길 26 지월드빌딩 (서교동 395-7)
전화   02)374-8616~7
팩스   02)374-8614
이메일   gworldbook@naver.com
홈페이지 www.g-world.co.kr

ISBN   979-11-388-3607-4 (03810)